BEAUX RIVAGES

Du même auteur

La Voyeuse interdite, Gallimard, 1991 ; Folio, 1993. (Prix du Livre Inter.)
Poing mort, Gallimard, 1992 ; Folio, 1994.
Le Bal des murènes, Fayard, 1996 ; J'ai lu, 2009.
L'Âge blessé, Fayard, 1998 ; J'ai lu, 2010.
Le Jour du séisme, Stock, 1999 ; Le Livre de Poche, 2001.
Garçon manqué, Stock, 2000 ; Le Livre de Poche, 2002.
La Vie heureuse, Stock, 2002 ; Le Livre de Poche, 2004.
Poupée Bella, Stock, 2004 ; Le Livre de Poche, 2005.
Mes mauvaises pensées, Stock, 2005 ; Folio, 2007. (Prix Renaudot.)
Avant les hommes, Stock, 2007 ; Folio, 2009.
Appelez-moi par mon prénom, Stock, 2008 ; Folio, 2010.
Nos baisers sont des adieux, Stock, 2010 ; J'ai lu, 2012.
Sauvage, Stock, 2011 ; J'ai lu, 2013.
Standard, Flammarion, 2014 ; J'ai lu, 2015.

www.editions-jclattes.fr

Nina Bouraoui

BEAUX RIVAGES

Roman

JC Lattès

Couverture : maquette Fabrice Petithuguenin.
Photographie de la bande : Carissa Gan.
Photographie auteur : © Francesca Mantovani.

ISBN : 978-2-7096-5052-6

Première édition août 2016.

« Même si le grand chant ne doit plus reprendre
Ce sera pure joie, ce qui nous reste :
Le fracas des galets sur le rivage,
Dans le reflux de la vague. »

W.B. YEATS

Quand il m'annonça qu'il avait rencontré une autre femme, je passai de la tristesse à la peur comme on alterne deux nages, l'une sur le dos, l'autre sur le ventre, pour rejoindre la rive sans me noyer.

I

Je ne crois pas au hasard, rien ne vient par hasard, tout est lié, se répond, s'encastre jour après jour comme dans un jeu de dominos. Une chose engendre une chose qui engendre une autre chose, mais on reste toujours à l'origine du geste. Telle est la vérité, la seule vérité. Elle est difficile à admettre parce qu'il est plus simple de ne pas se sentir responsable. Ce qui survient ne dépend pas de Dieu et de la volonté d'un être qui serait suprême, supérieur. Dieu est ailleurs. Il arrive dans les rêves si l'on rêve. Il se déploie dans le ciel si l'on regarde le ciel. Il fait frémir les feuilles des arbres si l'on regarde les feuilles. Il fait onduler la mer si l'on regarde la mer. Il fait briller la neige des cimes si l'on regarde les cimes. Il est si l'on veut qu'il soit. Mais ça, c'est de la poésie. Je n'ai rien contre la poésie, seulement je n'y crois plus depuis qu'Adrian m'a quittée.

Je ne reçus, n'identifiai aucun signe annonçant notre rupture. Il m'arrivait d'y penser, l'amour est imprévisible. Il survient quand on ne l'espère plus, disparaît alors qu'on le jugeait acquis. Il est sans prise et sans durée, sinon celle que l'on veut bien lui prêter. Il est cruel. Il y est souvent question de sacrifice. Je ne crois pas que l'on puisse mourir d'amour, mais sa perte nous éteint et nous devenons sans lui des pierres sèches, grises. Je n'ai jamais douté d'Adrian, doutant plutôt de moi s'il me fallait douter. Je me connaissais : après quarante ans, les mystères sont en partie résolus. Ma jeunesse fut traversée de failles, détruisant ce que j'entreprenais avec passion comme si une main maléfique avait disposé du jeu que je pensais mener. Je dépensais mes forces dans des histoires que j'imaginais grandes, leur prêtant une dimension qui n'existait pas. J'inventais, mentais, car il est ruinant pour l'esprit de ne pas savoir distinguer l'amour véritable de l'attachement. J'attendais un avenir plus clair. On se dit toujours que quelqu'un nous sauvera alors qu'il serait plus juste de se sauver soi avant de profiter d'un triomphe qui viendrait des autres. J'avais rompu mes chaînes avec l'âge, sachant distinguer les sentiments sans les confondre, prenant l'amour pour ce qu'il est et non comme une réponse à la peur d'être abandonnée.

Je n'attendais pas qu'Adrian me sauve. Il me semblait être à égalité avec lui. Je ne le possédais pas plus que lui ne me possédait. Nous étions d'un seul bloc, avec nos différences. Je nous surnommais les Positif/Négatif en raison de la couleur, blonde et brune, de nos cheveux, comme deux empreintes photographiques, l'une saturée d'ombre et l'autre de lumière. Huit années s'étaient succédé sans heurt, ou si peu. Nous tenions notre chance. J'aimais assez Adrian pour accepter de tomber avec lui s'il avait dû un jour tomber. Je n'ai jamais pensé qu'il puisse être à l'origine de ma noyade.

Nous étions le 14 janvier 2015, une semaine après l'attentat. Paris était noire, non encore lavée de son sang. On devrait fragmenter le malheur selon sa nature – petit, moyen, grand –, et le chaos amoureux devrait, lui, s'incliner devant la mort qui survient, mais il m'aurait fallu vivre sur une île déserte pour ne pas lier les événements extérieurs à mon drame interne malgré les degrés de gravité et de puissance qui les séparaient.

Il faisait froid et nuit comme si un trou dans le ciel avait aspiré la lumière pour ne plus jamais la rendre. Je portais mon manteau, mon écharpe, mon sac sur l'épaule, montant deux par deux les marches de l'escalier de l'immeuble. J'avais hâte de rentrer. Ce n'était pas la peur qui était le plus gênant, même si j'étais pétrifiée en permanence, ne m'accordant aucun répit. Sortir dans la rue, marcher jusqu'au garage, conduire, être prise dans la circulation, faire des courses, aller au restaurant, au cinéma, tout me glaçait. Je manquais de courage. Je l'exprimais sans honte : les sentiments réprimés se vengent tôt ou tard. Ce que je ressentais alors était plus large que la peur. C'était une impression d'irréalité. On avait beau se dire que cela existait, que c'était vrai, qu'il fallait faire avec, avec *Charlie*, avec l'Hyper Cacher, on avait beau savoir que cela recommencerait un jour, finissant par attendre, tout en le redoutant, que ce jour arrive pour que l'on en soit enfin libéré, on ressentait une sorte de flottement, comme si le cerveau ne pouvait plus supporter toutes les informations, les laissant déborder, hors de lui. C'était cela le plus étrange, cette perception floue des choses que l'on avait acquise pour s'en soulager. Nous devions à présent regarder le monde, la ville, au travers d'un filtre pour en soutenir la vision. Je détestais notre époque, je n'étais pas la seule. Nous étions rendus à un point de non-retour.

Cette semaine-là, quand je ne parvenais pas à m'endormir, je m'imaginais à des kilomètres de Paris, au centre de la campagne, cachée dans une grotte aménagée sous terre, un blockhaus comme il en existe en surplomb des plages de Bretagne et de Normandie, où j'avais passé de longues heures enfant, cherchant des douilles, des ossements, ivre d'excitation à l'idée de marcher dans un champ de bataille laissé en friche.

Je m'étonnais de ne pas inclure Adrian à ma retraite, à mon évanouissement dans la nature, non parce qu'il le fallait, mais parce que je ne concevais pas mon avenir sans lui. Il couvrait chacun de mes temps, le passé, le présent, le futur, qui restait le moins aisé à me représenter. Il aurait été plus simple de surcroît de m'imaginer à Zurich, chez lui, loin de Paris ; je ne le faisais pas.

Il était dix-neuf heures trente quand je reçus son message : « Je ne viendrai pas vendredi. J'ai besoin de liberté. » Je le relus, en saisis l'évidence. Il avait rencontré quelqu'un. Si l'on avait pris une photographie de moi à cet instant, on aurait capturé ma colère et non ma peine. La peine a son heure et cette heure survient quand les larmes sont prêtes. Je ne connaissais pas encore mon ennemie.

Je ne répondis pas, attendre était la seule force que j'exerçais sur lui. J'éteignis mon téléphone. Je me couchai à l'endroit qu'il occupait quand il était à Paris, du côté gauche du lit, sur le ventre, les mains sous mes cuisses, écrasées.

J'aurais pu me faire jouir, j'y pensais, c'était ma position préférée, seule ou avec Adrian, tout mon corps appuyant sur mon sexe ou s'ouvrant au sien quand il me pénétrait alors qu'il était sur le dos. Sur la table de chevet il y avait une boule en plastique transparent. Quand on l'agitait, des paillettes blanches tournoyaient au-dessus d'une forêt miniature. Je la fixais, elle seule comptait. Elle enfermait nos voyages, les trains et les avions que nous avions pris sans jamais manquer un rendez-vous pour nous retrouver comme au premier jour. Pour d'autres, la distance qui séparait Zurich de Paris aurait été un obstacle, pour nous elle avait été un salut. Nous étions libres à l'intérieur de notre histoire, deux électrons qui finissaient par se rejoindre pour n'en former qu'un, par une combinaison rare, chimique, qui nous avait surpris dès le début.

Nous avions peu d'habitudes. Elles concernaient notre manière d'intégrer un pays puis un autre, de vivre dans un appartement puis dans un autre, d'être réunis puis désunis. Nous avions échappé à la malédiction des années, j'étais sans vigilance. Je manquais de jalousie, ne lui posais aucune question sur son emploi du temps. Quand j'avais un doute, je le chassais aussitôt. Les choses que l'on n'énonce pas n'existent pas. C'était ma théorie et elle fonctionnait. J'avais lu un jour que l'on pouvait ralentir l'évolution d'une maladie en évitant de la nommer, la rabaissant comme si elle n'était qu'un noyau de cerise perdu dans un organe que le corps finirait par expulser sans en être atteint. J'étais catégorique, rien de grave ne surgirait. Mes ombres, passagères, étaient comparables à ce noyau. Je possédais les armes pour me défendre. Ainsi, je ne m'inquiétai pas quand Adrian ferma l'accès à son téléphone par un code secret, quand je le surpris tard dans la nuit en ligne sur WhatsApp, quand je crus entendre une voix derrière la sienne, dans un rire bref qu'une main semblait avoir retenu avant qu'il éclate. Seule l'absence de désir m'aurait alertée. Elle n'était pas manifeste. J'avais failli par orgueil.

La nuit avançait. Dans les appartements voisins, une seconde vie prenait, s'ordonnait, se développait, après le travail, les transports, chacun retrouvait sa place, jouait son rôle. Un jeu de sept familles se distribuait sous mes yeux. Je n'en faisais plus partie. Adrian allait me quitter. Je comparais mon histoire à une flèche déviée de sa cible. Dans ses bras quelques jours plus tôt, j'étais à présent son étrangère et lui mon étranger. Nous n'étions pas encore des adversaires, mais deux substances dont on aurait inversé les formules pour faire une expérience. J'observais les habitants investir l'espace, médusée. Les appartements étaient des cages construites à l'identique, seule la taille variant, à l'intérieur desquelles chacun exécutait un seul et même numéro – se retrouver, se parler, se divertir, se nourrir, s'endormir sans jouir pour certains. Dans l'une de ces cages, une femme éprouvait peut-être ce que j'éprouvais. Et si tel n'était pas le cas, ailleurs, dans une autre partie de la ville ou du monde, une partie que je ne pouvais voir depuis ma fenêtre, quelqu'un tombait en même temps que moi dans le vide. Je lui tenais la main. Ma tristesse avait le coupant des couteaux.

Je ne trouvais pas le sommeil, imaginant Adrian rivé à une autre peau, plus chaude, plus douce que ne l'était la mienne alors que je me déshabillais pour prendre un bain. Je ne sentais plus mon corps, comme s'il avait été traversé de creux ; on avait abîmé, pétri ma chair. Je tremblais, sans appui ni paroi derrière lesquels me tenir, me cacher. Je n'étais pas seulement nue, mais mise à nue, mon cœur me gouvernait et seule l'idée d'Adrian avec une autre me hantait. On m'avait chassée, reléguée. Je recevais un coup de poing en pleine poitrine, c'était un choc dont je ressentais physiquement la violence. J'étais victime d'une injustice.

Je n'avais jamais craint la solitude, la recherchais. Adrian ne me manquait pas toujours quand nous étions chacun dans notre ville, j'étais affairée à ma vie civile que j'évitais de mêler à ma vie amoureuse, préservant l'envie. Nous restions attirés, par un jeu de disparition et d'occupation, nous désirant à chaque fois que nous étions ensemble, sans nous contraindre à ce qui aurait pu être un rituel. Nous faisions l'amour sans nous en sentir obligés, il nous était impensable de ne pas le faire, de ne pas y succomber. J'y voyais un rapport d'équilibre et non de force qui maintenait la fraîcheur de notre relation. Dans mon cas, les chemins tracés menaient à une impasse.

Comme moi, c'était la première fois qu'Adrian vivait un amour à distance : nous découvrions les avantages d'une liberté sous condition. Nous étions volontaires, réguliers, testant avec succès notre capacité à dire non, refusant les avances, cela arrivait, nous rassurait, le pouvoir de séduction n'est pas un pouvoir que l'on abandonne, fiers de compter les années qui passaient et que nous affichions avec un léger mépris pour celle ou celui qui s'aventurait de trop près. Nous étions intouchables ; je le pensais.

L'eau de mon bain me faisait mal comme si elle avait été mélangée à un acide. L'air semblait chargé de ciment. Je n'arrivais plus à respirer, prenant de longues bouffées que je gardais en contractant mon ventre, y réservant l'oxygène qui me manquait. Je pleurais, mes larmes étaient prêtes. À chaque fois que je pleurais, c'était rare, je retrouvais un chagrin plus ancien que celui que j'étais en train de vivre, enfoui dans les plis de la petite enfance et dont l'empreinte demeurait ; ma mémoire fossile ne m'aidait pas. Cette séparation, qui me paraissait certaine, me reliait à des séparations plus anciennes pour lesquelles je n'avais pas de mots, mais dont je ressentais à nouveau l'impact, comme une balle qui s'est logée dans un os et dont la douleur se réactive alors qu'on la croit guérie et disparue. L'amour à chaque fois qu'il se perd rejoint le cimetière des amours mortes, et son deuil est impossible à envisager. Je ne pourrais vivre sans Adrian, sans l'idée d'Adrian, en dépit de mes efforts ; je le porterais, je le savais, comme une plaie sous mes vêtements.

À six heures trente le lendemain j'allumai mon téléphone. Adrian avait tenté de me joindre au cours de la nuit, sans laisser de message sur mon répondeur qui n'avait enregistré que l'heure de ses appels. Ma colère revenait alors que je n'aspirais qu'au calme ou à la neutralité, si la neutralité peut jaillir du désordre, pour recevoir ses explications. J'avais besoin d'être éclairée, mon chemin s'enfonçant dans une forêt dense dont les arbres portaient des branches ressemblant à des bras et des mains griffues comme ceux du conte de *Blanche-Neige* quand elle s'égare dans les bois.

Je m'habillai avant de le rappeler, ce qui me faisait penser aux femmes et aux hommes qui ne se montraient pas nus devant les premiers écrans de télévision, certains que le présentateur, le journaliste, la speakerine, les acteurs, les actrices les surprendraient, comme si une image retransmise devenait une image qui regarde – histoire que je tenais de mes grands-parents et qui me fascinait, sachant que les caméras intégrées à nos ordinateurs peuvent aujourd'hui être activées à distance et livrer, à l'inconnu qui les a piratés, notre intimité.

J'avais choisi un pantalon, un chemisier, une paire d'escarpins que je venais d'acheter, qu'Adrian ne connaissait pas, ayant l'illusion de lui échapper par une tenue qu'il ne pouvait imaginer, comme si j'étais devenue un hologramme dont le relief est un tour de magie. Il répondit sitôt la ligne atteinte, ne laissant son téléphone sonner qu'une fraction de seconde, il s'inquiétait. Je parlai peu, l'écoutai, désirant savoir au plus vite, comme si cela était une délivrance d'apprendre qu'il avait rencontré quelqu'un, que c'était sérieux, qu'il n'avait pas osé m'en parler, que l'annoncer par SMS était lâche et médiocre, mais que dans ces cas-là, tous les hommes et toutes les femmes sont lâches et médiocres, qu'il n'était pas le premier, ne serait pas le dernier, que l'amour peut générer autant de grandeur que de bassesse, qu'il le reconnaissait, l'acceptait, que j'avais le droit de lui en vouloir, de le détester, de le maudire, que c'était normal et justifié, même s'il n'était pas un *salaud*, qu'il avait essayé de lutter, vraiment, le promettait, le jurait, que ce n'était pas simple de passer d'une personne à une autre, surtout quand on avait encore des sentiments, que notre amour n'était pas fini, et d'ailleurs qui sait quand un amour est éteint pour toujours et que ses braises sont cendres ? mais qu'un second amour avait, lui, fini par naître sur le nôtre, poussant comme une fleur sur une terre que l'on a trop foulée, qui donne encore du bon grain, mais plus le meilleur des grains (c'était mon interprétation), que ce n'était pas de ma faute, que j'étais une *belle personne* (expression que je haïssais), qu'il serait toujours là pour moi, que je comptais, que je devais en être sûre et ne jamais en douter, car il le savait, douter de moi était la pire des punitions, il me connaissait mieux que quiconque, aimait mes fragilités, ne me quittait pas pour ça, bien au contraire, il avait aimé me protéger même si je refusais sa protection, non par fierté, j'avais appris à ne compter que sur moi, ce qui était rare pour une femme même si c'était une opinion misogyne, il l'assumait, que j'étais un bon petit soldat, ne rechignant jamais à la tâche, sanglotant en secret car les sanglots ne se partagent pas, il viendrait bientôt à Paris, dans quelques semaines, trois ou quatre maximum, pour me voir, pour que cela devienne réel, avec des mots, les yeux dans les yeux, son front contre le mien comme à chaque fois que quelque chose ne tournait pas rond et que l'on devait trouver une solution à un problème, on trouvait toujours, on aurait peut-être dû parler avant, cesser de faire semblant, mais faisions-nous semblant ? tout n'était pas si simple, il avait encore du désir pour moi, toujours autant si ce n'était plus, il n'en comprenait pas la raison, mais c'était ainsi, comme si deux attirances au lieu de créer un conflit, un rejet, se mélangeaient, se répondaient, s'influençaient, qu'il n'y avait pas un lien supérieur à un autre (cela me vexait), mais que le moment du choix était arrivé et que c'était compliqué de choisir, de ne pas se tromper, de ne pas le regretter un jour car il le savait, il serait impossible de faire machine arrière, il me connaissait ; je serais toujours celle qu'il avait le plus aimée, en tous les cas, pour l'instant, j'étais sa plus longue histoire, la plus sérieuse, même si la vie réservait parfois des surprises, la preuve, que cela aurait aussi pu m'arriver, qu'il avait douté parfois, non de moi mais de sa capacité à me garder, d'être le meilleur d'entre tous les hommes que je pouvais fréquenter, que je pouvais rencontrer, il avait eu peur de me perdre, d'en souffrir, il n'aurait pas été capable de vivre cette souffrance, alors il se sauvait en premier, parce qu'au bout de huit ans, même si on ne vivait pas ensemble, on se connaissait par cœur ; il ne s'était jamais ennuyé avec moi, mais la nouveauté balayait tout sur son passage, on le savait, lui comme moi, il ne fallait pas se mentir, il y avait une sorte de fatigue depuis quelques mois, peut-être plus, peut-être moins, mais ça existait, je ne pouvais pas le contredire, les voyages, les valises que l'on fait, que l'on défait, les affaires que l'on égare, que l'on rachète, une vraie logistique, les emplois du temps à ajuster, tous ces kilomètres qui finissaient par nous manger, même si, il en était certain, même s'ils avaient préservé une part de miracle, car on le sait l'amour ne dure pas, il se transforme, et huit ans sont un exploit, on pouvait être fiers de ça, il suffisait de regarder autour de nous, les gens ne tenaient pas, ils se supportaient deux ans grand maximum puis c'était la chute, sans parler de ceux qui avaient eu des enfants, c'était pire, plus compliqué, au moins là on était juste deux, deux adultes responsables qui pouvaient se parler, se comprendre et un jour se pardonner, il l'espérait, vraiment, même si ce n'était pas facile pour moi, c'était normal, j'étais sous le choc, je ne m'y attendais pas du tout, mais si cela pouvait me rassurer, lui non plus ne s'y attendait pas, il s'était fait *cueillir*, c'était le mot exact, cueillir, comme un fruit mûr et puis ça s'est installé, et à force que cela existe, il s'y est habitué, c'est devenu normal, il n'avait pas l'impression de me tromper, il séparait les deux histoires, d'ailleurs je l'avais bien remarqué, il avait toujours autant envie de moi, ça n'avait pas changé, je lui plaisais encore, et ce qui était bien, c'est que l'on était très différentes, elle et moi, rien à voir l'une avec l'autre, c'était plus facile pour lui, il ne confondait pas, cela aurait pu durer, il aurait trouvé une forme d'équilibre entre nous deux, mais ça ne se fait pas, il le savait, et puis elle, la fille, elle en demande plus, elle veut une preuve d'amour, une vraie, et elle veut passer plus de temps avec lui, pour le connaître, être ensemble, elle ne supporte plus que je sois là, entre eux deux, ce n'est pas viable, cela ne peut pas durer une éternité, l'une de nous deux doit *tomber*, c'était le mot qu'elle avait employé, qu'il n'avait pas aimé, il le lui avait dit, me défendait, personne n'avait le droit de parler ainsi de moi, personne, ils se disputaient souvent à mon sujet, il ne cédait pas, mais là, pour lui, ça ne pouvait plus durer, pour l'instant il *gérait*, mais pour combien de temps encore ? alors avant que ça ne devienne invivable, intenable, il avait dû prendre une décision même si ça lui arrachait le cœur, vraiment, ça lui faisait très mal, il se demandait comment il pouvait faire ça, tout casser, ça ne voulait rien dire, il la connaissait si peu, pas assez pour lui faire confiance, pour se projeter, il le regretterait peut-être, mais il avait tourné les choses dans tous les sens et il n'y avait pas de solution meilleure qu'une autre, il se retrouvait au pied du mur, elle lui avait demandé de prendre une décision, ce n'était pas du chantage, du moins l'espérait-il, elle n'était pas ainsi, mais elle aussi voulait savoir, elle n'avait pas de temps à perdre, et puis d'une certaine façon c'était encore plus dur pour elle car elle savait, moi au moins j'avais été épargnée puisque je ne savais pas, ne me doutais de rien (devais-je l'en remercier ?). Il avait pris sa décision pendant la marche suivant les attentats, ça pouvait me sembler bizarre, déplacé, c'est là qu'il a compris même s'il sait qu'il ne faut pas tout confondre, que c'est indécent, mais ça lui est apparu comme une évidence quand on s'est retrouvés parmi la foule, avançant, emportés par la marche funèbre d'un peuple qui communiait dans le malheur, il était triste, vraiment très triste, très touché, mais il a eu l'impression de ne pas être à sa place, que tout cela ne le concernait pas, qu'il n'était pas Français et qu'il n'avait pas le droit, lui, d'être triste et d'avoir peur, car il avait beaucoup de chance de vivre en Suisse, en principe il était à l'abri là-bas, et il avait honte de se sentir mal à l'aise à Paris, ce n'était plus léger du tout, on ne rigolait plus, il s'excusait de dire cela, il en était vraiment confus, désolé, cela n'avait pas de lien avec nous, mais c'était une chose en plus qui s'était ajoutée, faisant pencher la balance, il était sûr que je comprenais (non, je ne comprenais pas), d'ailleurs, il n'avait pas pu rester sur le boulevard Beaumarchais, c'était trop dur, tous ces gens, ce chagrin, et puis il avait eu peur, peur que ça recommence, que l'on tire dans le tas et qu'il fasse partie du tas, c'était lâche, mais il n'avait pas honte d'être lâche, nous l'étions tous devenus, et il avait eu besoin de boire un verre, de s'enivrer, de quitter ce réel tout poisseux, de se reconnecter en secret avec celle qui lui manquait, ce n'était pas bien de me dire tout ça, mais il en avait gros sur le cœur, je devais tout entendre, tout savoir, pour que tout soit clair, propre, limpide comme de l'eau de roche. Il ne se faisait pas trop de souci pour moi, je trouverais rapidement *quelqu'un de bien* (autre expression que je haïssais), il en était déjà jaloux, un homme qui saurait m'aimer mieux que lui ne l'avait fait, il était sûr que ça existait, il n'était pas parfait, avait ses défauts, les connaissait, je méritais d'être heureuse, vraiment, même si je l'avais été durant ces années, comme lui l'avait été, mais je méritais un bonheur plus grand, un bonheur à la mesure de mes attentes, même si je n'attendais rien, je n'étais pas ce genre de fille, de femme, qui exige, attend, espère, il aimait ma façon de prendre la vie comme elle vient, d'en jouir sans penser au lendemain, il ne supportait pas de me faire du mal, s'en voulait, mais il ne comprenait pas, c'était comme ça, il était dépassé par quelque chose qui l'emportait, il devait suivre son instinct, même s'il se trompait, il avait d'ailleurs peur de se tromper, de commettre une erreur, on ne lâchait pas quelqu'un comme moi, mais il ne devait pas jouer sur deux tableaux, par respect (pour elle, ai-je pensé) et au nom de notre histoire, qui était une belle histoire ; il l'évoquait déjà au passé.

Je reçus ses paroles sans protester, demandai le nom et le prénom de ma remplaçante, puisque je devais céder ma place. L'identifier me permettait de prendre une direction, ma direction, et non celle qu'il m'imposait.

Quelques heures après son appel, en flottement entre la réalité et ce qui semble ne pas exister, que l'on a inventé et qui disparaîtra dès que l'on aura recouvré ses esprits (cela me rassurait de penser ainsi), je commandai un taxi, incapable de conduire ma voiture, pour me rendre à Joinville dans un studio d'enregistrement. J'exerce le métier de voix off depuis l'âge de vingt-trois ans, habillant, notamment, l'antenne d'une radio d'information depuis mes débuts. Mon métier exige une certaine rigueur, sommeil, nourriture, hydratation, les cordes vocales étant aussi fragiles que les cordes d'une guitare. J'ai deux ennemies : les infections et la tristesse, les deux blanchissant la voix à leur manière, ce qui constituait une raison de plus d'en vouloir à Adrian. Je m'engouffrai dans le taxi, transie de froid, remarquant que je n'avais pas rechargé la batterie de mon téléphone, ce qui créait une angoisse supplémentaire, je m'imaginais seule dans la nuit sur les bords de la Marne sans pouvoir appeler quiconque pour venir me chercher. Ce fut une chanson – je demandai au chauffeur d'augmenter le volume de la radio la diffusant – qui m'apaisa alors. Je me fis la promesse de la télécharger dès mon retour chez moi. Les chansons ont un grand pouvoir émotionnel, supérieur à celui des odeurs, je trouve, je le constatais en tout cas, soudain bercée. Elle évoquait ce que j'étais, ce que je traversais, comme si l'auteur avait écrit les paroles depuis la voiture, me regardant en simultané. *Beau malheur* était son titre. J'avais envie de pleurer, mais je souriais.

Après une demi-heure de course, le taxi me laissa à Joinville en me lançant avant de me quitter : « Ça va aller ? » J'hésitai à lui répondre que non, que ça n'irait pas du tout pendant les prochaines semaines, que ce serait une sorte de petit enfer dont on n'est jamais sûr de sortir indemne, que j'allais faire comme si, car la vie continuait et l'on ne meurt pas d'un cœur brisé comme l'on pourrait le dire d'une attaque ; je lui répondis par un sourire en lui donnant un bon pourboire : je croyais ainsi conjurer le mauvais sort – Adrian reviendrait peut-être.

J'enjambai le talus qui séparait la chaussée du studio, immense, je peinai à trouver l'entrée, puis, la trouvant, descendis un dédale d'escalier qui me parut sans fin. Je venais pour une séance de doublage : j'étais la voix française officielle de Nigella Lawson, cuisinière londonienne qui faisait une apparition dans la série *Modern Family*. Mon métier a l'avantage de m'extraire très vite du réel, obscurité des studios, confinement, magie du son, j'oubliai ainsi Adrian en rencontrant mes interlocuteurs, me tins à la barre de doublage face à l'écran-cinémascope, posai ma voix sur la voix de celle que j'accompagnais depuis dix ans, Nigella, ma sauveuse, qui m'obligeait à garder mes sanglots très loin dès l'instant précis où mon souffle se posait sur le sien, faisant de nous deux un être unique et de même nature.

Ma séance achevée, je m'ancrai à nouveau dans ma tristesse, revenue, amplifiée car je l'avais tenue à l'écart comme un chien muselé ; elle se vengeait. Il me restait juste assez de batterie pour réserver un taxi puis mon téléphone s'éteignit, comme s'il avait été relié à ma lumière intérieure, qui me quittait. J'avais peur de ce qui allait advenir. J'avais peur de tout et surtout de moi. Je ne voulais pas m'effondrer, mais doutais pour la première fois de ma capacité à endurer ; je n'avais plus vingt ans. Il me semblait me perdre dans la brume et m'y fondre. Je hélai la voiture qui arrivait, le corps endolori comme si l'on m'avait frappée avec un bâton.

Je trouvai sur Internet trois photographies correspondant aux nom et prénom de celle qu'Adrian avait rencontrée. Je les enregistrai sur mon ordinateur et mon téléphone en vue de les consulter puis de les exposer au plus grand nombre pour qu'elles se dématérialisent et que cette femme n'existe plus à force d'avoir été jugée. Elle était blonde ou rousse selon la résolution de l'image que j'agrandissais jusqu'à ce qu'elle devienne floue, déformée, monstrueuse. Elle ne me plaisait pas. J'aurais préféré souffrir de cette jalousie-là, physique, ou désirer cette femme, ravissant ainsi le désir d'Adrian.

J'enviais leur début, la passion qu'il induit. Je détestais le secret qui les avait portés : j'avais sans le savoir donné du sens à leur histoire. Adrian avait dû redoubler d'efforts pour satisfaire ses attentes sans que je remarque son double jeu. Leur plaisir incluait ma peine à venir et leur délivrance.

Je trouvai également son adresse et son numéro de téléphone. J'étais capable de l'appeler, non pour régler mes comptes ni pour recevoir sa version, nous n'étions pas dans un tribunal, mais pour entendre sa voix. La tristesse, quand elle survient, trouble la raison. Sur Google Earth sa maison semblait de construction récente, en ciment brut avec un seul étage. Elle se situait à quelques kilomètres de Zurich, en lisière de la forêt de Gockhausen, au numéro 3 de l'impasse Tobelacker. La capture du lieu avait été effectuée un jour d'été, l'herbe sèche qui l'entourait me le laissait penser.

Naïvement, je cherchais son ombre derrière les volets électriques à demi clos. J'imaginais Adrian torse nu dans sa chambre, lui souriant alors qu'elle était allongée sur le lit. Il devait partir, elle comprenait, il n'était pas libre, je pouvais tenter de le joindre sur son téléphone fixe, m'inquiéter. Il revêtait sa chemise malgré lui, désirant rester encore. Elle se levait. Adrian la serrait contre lui. Elle fermait les yeux, il la regardait, ne voulait rien manquer, son visage le sauvait de mon visage. Elle était si présente, si vivante, comme une part de la nature – les feuilles des peupliers, le ciel strié de blanc, le vent qui se levait sur le lac noirci par le reflet des montagnes qui dominent. Elle était à lui, il restait à moi, nous étions séparés, mais réunis dans un cercle dont personne n'occupait le centre sinon Adrian quand il penchait vers l'une plutôt que vers l'autre, hésitant entre la peur de perdre et la peur de gagner. Il l'embrassait, ce n'était pas un adieu. Il s'en allait, reviendrait pour ne plus la quitter, il lui en faisait la promesse, elle le croyait, avait raison de le croire : Adrian disait la vérité.

Sa voiture longeait l'hôtel du Dolder où nous séjournions parfois. L'été irradiait. Je l'imaginais conduisant un peu trop vite, les vitres baissées, ivre d'un bonheur qui lui échappait, sachant qu'il finirait par me blesser. Peut-être se disait-il tristement heureux, que ce n'était pas incompatible, que l'on peut ressentir deux sentiments distincts, mais qui, au lieu de s'annuler, se renforcent l'un l'autre comme deux énergies en engendrent une troisième en se mêlant. Peut-être estimait-il que le véritable amour se décline sous plusieurs formes et que le cœur est assez grand, assez bien fait, assez intelligent pour y inclure plusieurs objets amoureux. Peut-être considérait-il avoir inventé une nouvelle façon de vivre à laquelle lui seul saurait se plier sans s'éloigner de l'homme qu'il était. Peut-être se sentait-il heureux comme jamais, jugeant qu'il n'était pas tenu de faire un choix puisqu'il s'agissait d'une romance et non d'un drame, personne n'allait mourir, les larmes ne sont ni des épées ni des fusils.

Il se garait au pied de son immeuble. Il passait la première porte, puis la seconde, je connaissais le chemin, elle le connaîtrait un jour si cela n'était pas déjà fait, conclu, accompli, comme elle devait connaître la galerie d'Adrian, les œuvres exposées, les peintres qu'il défendait ; peut-être avait-elle acheté un tableau, une sculpture, une photographie, attirant ainsi son attention ou, pire, le faisant se sentir redevable et lié à sa nouvelle cliente. Il prenait l'ascenseur où je l'embrassais à chaque fois, il entrait dans son appartement, ouvrait les baies donnant sur la terrasse depuis laquelle nous avions si souvent regardé la ville de Zurich en contrebas, pareille à la maquette d'un décor avant qu'en soient hissées les façades – bâtiments, université, quais, travées, jardins de la cité –, qui, de haut, semblait avoir été réduite à la plus petite échelle possible.

Les avions décollaient de l'aéroport de Klosters, cassant le silence de l'aube. Un nouveau jour s'ouvrait. C'était beau et triste, comme tout ce qui commence et tout ce qui s'achève.

Elle tenait un blog que j'avais classé dans mes favoris par crainte de ne plus le retrouver, que l'on m'en interdise l'accès ou qu'il ne soit plus répertorié. Dès lors que je découvris ce que je comparais à un journal intime, j'acquis la conviction que je ne pourrais m'empêcher de le consulter plusieurs fois par jour, attendant qu'elle poste une image que je prendrais comme un signe vers moi. J'en devins immédiatement dépendante, découvrant, au fur et à mesure de ma lecture, un temps non pas parallèle au mien, mais le recoupant autant qu'il était possible de le recouper. C'était cruel et fascinant. Sa relation avec Adrian y était consignée, illustrée – selon des codes que je ne maîtrisais pas encore –, dans le seul but que je comprenne et que la vérité surgisse enfin. Nous étions reliées, en dépit de la haine que j'éprouvais. Je désirais l'anéantir, excluant Adrian de ma vengeance. On en veut toujours à celui qui s'empare plutôt qu'à celui qui s'en va. Cette réaction m'avait souvent paru étrange chez les autres, je l'adoptais davantage par défense que par stratégie. Il était plus facile de haïr une inconnue que de haïr celui que j'aimais. Je n'avais rien vu, ou rien voulu voir, aveuglée par ce que nous avions construit – même si je n'employais jamais ce mot, *construction*. L'amour n'est ni un travail ni un édifice, et s'il l'est, il a ses fissures. On ne retient personne dans un château clos. La liberté que l'on donne à l'autre vaut toutes les promesses. Ma confiance était égale à celle qu'il me prêtait. J'avais trouvé un équilibre, m'en félicitais, n'y voyant à aucun moment la forme d'abandon qu'Adrian ne tarderait pas à me reprocher ; je ne m'étais pas battue.

D'après les images, chacune précédée d'une légende explicative – incertitude, attente, joie –, ils se connaissaient depuis un an. Leur relation avait basculé le 1er novembre 2014. Une photographie prise depuis la chambre d'Adrian, intitulée *Serial Fucker*, ne laissait place à aucun doute, si j'avais dû encore douter.

Nous avions décidé de ne pas nous voir ce week-end-là. Nous marquions depuis peu des pauses, sachant que les vacances de Noël nous réuniraient plus longtemps. Nous étions fatigués, non l'un de l'autre, je l'espérais, mais par le travail et le froid. L'été semblait loin, nos peaux n'en gardant nulle trace. La lumière manquait.

Il s'était produit quelque chose d'inhabituel. Je n'avais alors fait aucun rapprochement avec Adrian, ne sachant pas qu'il passait sa nuit du samedi au dimanche avec une autre.

Il est aisé à présent, à lecture du blog de cette femme que je refusais d'appeler par son prénom, choisissant plutôt les mots de *pute*, de *salope* ou de *rousse* quand je me la représentais dans le lit d'Adrian, ce qui me paraissait être d'un mauvais goût absolu, même s'il ignorait peut-être alors que sa chambre serait exposée sur un blog – chose qui concourait à ma douleur, rendant sa trahison publique, la livrant à ses amis, aux nôtres, aux inconnus en proie à l'ennui, ils sont nombreux sur Internet à remplir, à augmenter leur propre vie par celle des autres ; il est aisé, donc, d'éclairer un fait par un autre une fois que ce dernier a été révélé, mais il me semble maintenant évident que mon corps avait su ou vu ce que j'ignorais et dont je dresse aujourd'hui le tableau ordinaire. Il m'est facile désormais de regarder la scène comme en différé : le ventre d'Adrian contre son ventre, son sexe gainé du sien, ses seins entre ses mains, leurs langues se cherchant, la sueur et l'effort, l'explosion et le repos, le recommencement jusqu'au petit matin qui ne délivre pas mais ouvre une nouvelle série de salves, plus intense que la dernière, nourrie de la nuit, de la première nuit, de ce qu'on y apprend de l'autre et de ce que l'on abandonne de soi, ainsi que les mots que l'on dit dans ces moments-là et que le temps reprendra sans prévenir comme un dû, « j'ai envie de toi », « viens », « je vais jouir ».

Je m'étais réveillée tôt ce dimanche de novembre. Il faisait glacial à Paris comme dans le reste de l'Europe, l'hiver s'annonçant. Je ne me sentais pas très bien et j'aurais encore du mal à expliquer ce que j'éprouvais. C'était comme si une part de moi se déplaçait. Comme si tout ce qui fait l'intégrité d'un corps, la chair et le sang, les organes et les os, le souffle et les fluides, se déréglait, s'entravait, brisant une cohérence dont on n'a pas conscience en temps normal. Je n'osais appeler Adrian, certaine qu'il dormait encore. Je ne voulais pas l'inquiéter.

Je décidai de sortir. Je descendis la rue de Turenne, passai le croisement de la rue Saint-Gilles puis des Francs-Bourgeois. J'entrai place des Vosges. Je me sentais seule, je l'étais. J'actionnai le chronomètre de mon téléphone, désirant accomplir un maximum de tours en un minimum de temps, afin de battre un record qui n'existait pas mais qui me rassurait. Je longeai les grilles. Mes cuisses, mes jambes étaient de pierre. Je ne pensais qu'à mon souffle, sachant que si je m'effondrais, n'ayant aucun papier sur moi, Adrian ne serait prévenu que tard dans la journée. J'avais envie de pleurer, l'odeur de la terre mouillée me ramenait à mon enfance, quand la peur est si grande que l'on croit ne jamais pouvoir s'en défaire.

Je m'étais assise sur un banc, mes jambes, mes cuisses ne me portant plus. J'avais répondu d'un signe de la main au salut du gardien que je connaissais de vue depuis des années, me raccrochant à lui pour ne pas perdre connaissance. C'était idiot, mais j'étais sûre de survivre si je ne détournais pas mon attention, m'appliquant à le détailler – son bonnet roulé, sa tenue verte, son râteau qui ratissait le sol de la place, petit morceau par petit morceau, retenant entre ses dents les feuilles mortes, les déchets laissés par les enfants ou les adultes négligents ; je fixais ses gestes, sa façon de se tenir, ses pas vers un monticule de mousse et de bois. Il parlait seul et pour la première fois je ne m'en étonnais pas, le comprenais même, la solitude pouvant devenir une maladie. Je me sentais désaxée, de l'espace qui m'entourait, de mon propre corps qui semblait ne plus vouloir suivre, plombé par une tristesse inexplicable, comme un mauvais pressentiment ou la certitude que l'on va mourir dans les jours qui viennent. J'imaginais son trajet depuis la place des Vosges jusque chez lui, personne ne l'attendait, il ne s'en plaignait pas, j'en étais certaine, il faisait avec, n'avait jamais connu l'amour, ou alors un amour impossible qui n'existe que dans les rêves et qu'il visitait de temps en temps comme s'il avait été un compagnon d'école ou de régiment ; il dînait face à son poste de télévision, s'endormait tout habillé, sur le côté, les mains contre son torse, endolories par son travail en extérieur. L'image sombre que j'avais de lui me rehaussait. Il existait plus malheureux que moi, je n'avais pas à me plaindre. Adrian devait me manquer plus que je ne le pensais. Je lui écrivis un SMS auquel il tarda à répondre, j'en sais à présent la raison. Je rentrai chez moi, rasant les murs et traversant la chaussée avec précaution, j'avais peur de me faire renverser. Je m'arrêtai au petit supermarché de la rue des Haudriettes pour y faire des courses, me forçant à rester dans la normalité, à ne pas basculer dans ce que je comparais à une crise d'angoisse, différente de celles qui avaient traversé ma jeunesse en proie au doute métaphysique, lorsque je remettais en question le sens de mon existence et de l'existence en général : naître pour mourir.

Une fois rendue dans mon appartement, je sombrai, comme pour me départir de mon mal, dans un sommeil proche de l'évanouissement. Adrian m'appela en début d'après-midi, je ne remarquai rien de particulier dans sa voix. Il trouva les mots pour me rassurer quand je lui décrivis ce qui m'arrivait.

Le mal s'étant amplifié les jours d'après, je consultai mon médecin généraliste le jeudi soir. Il ne détecta rien, examinant ma gorge, mes yeux, palpant mon ventre, prenant ma tension dans la position allongée et debout – l'écart entre les deux mesures était faible, mon pouls lent et régulier. Constatant mon inquiétude et mon épuisement, je ne dormais plus, il me prescrivit une série de tests sanguins à effectuer au plus vite, non à cause de la gravité du mal secret qui me frappait, mais pour me soulager d'une souffrance que j'étais en train de fabriquer.

Je n'avais ressenti aucune crainte le vendredi à sept heures du matin dans la salle du laboratoire du Chemin Vert, attendant que l'on annonce mon numéro, parmi les hommes et les femmes assis sur la banquette mauve comme des prétendants au bal ; ce n'était pas drôle, mais je préférais envisager les choses ainsi, nous regardant tous avec compassion, ce qui m'avait fait penser à la chanson des Dire Straits, « *Brothers in arms* ».

Mon sang pris pour l'étude, je m'impatientai aussi bien du résultat qui me serait transmis en fin de journée que de l'arrivée d'Adrian au train de dix-huit heures trente. J'avais peur, mais j'étais prête à livrer une bataille si elle devait être livrée ; je me trompais de combat.

Plus tard, j'entrai dans le bureau de la biologiste pour lui soumettre la feuille de résultats que l'on m'avait remise à l'accueil avec un léger sourire ; elle confirma ce que j'avais cru comprendre en scrutant ces données. J'allais bien. Je lui décrivis mes symptômes et l'effroi qu'ils avaient provoqué en moi. « Quelque chose doit vous travailler en ce moment », répondit-elle. Cela ne m'inspira aucune réaction.

Mon corps s'était téléporté d'un lieu à un autre. Je souffrais à l'endroit où Adrian l'avait touchée, caressée, léchée – les jambes, les cuisses, le ventre et le cœur enfin, centre nerveux de tout désir et de toute douleur.

En arrivant, il n'avait pas manifesté de joie particulière, il n'était pas surpris, n'avait pas été si inquiet, je me montais toujours trop vite la tête, imaginant le pire, c'était mon problème d'ailleurs, je devais changer, me contrôler, cela devenait fatigant à force, l'anxiété est un poison.

Il me regardait, alors que nous dînions le soir même au restaurant, d'un air étrange. Il semblait chercher dans mes yeux quelque chose qu'il ne trouvait pas et qu'il aurait bien aimé trouver pour me parler. Il guettait une occasion, le bon moment, l'instant T, remettant à plus tard ce qui peut-être lui semblait épouvantable à envisager : « Je vais te quitter. » Je ne me doutais de rien. Je me sentais heureuse, je crois, ignorant que ma rivale posterait sur son blog, quelques jours après, la photographie d'un petit singe dont les bras étaient percés de tuyaux, et portant la légende : LOVE DISEASE.

J'envoyais des messages d'une grande douceur à Adrian, espérant le ramener vers moi ou le regagner à ma cause, suivis de mots d'une grande violence quand je comprenais qu'il n'était plus disponible comme avant, que sa nouvelle vie enfin dévoilée empiétait sur le temps qu'il m'avait toujours accordé jusqu'ici. Je n'étais plus une priorité, plus sa priorité. Il m'assurait pourtant de sa présence, de son attention, comme si j'étais une petite fille dont il fallait s'occuper, s'excusant par avance de ne pas pouvoir tout le temps *être dispo*, c'était son expression. Notre espace de liberté s'étant rétréci, nos échanges ne menaient à rien sinon à celle qui ravissait ma vie, *mon* homme, comme s'il avait été un objet que je refusais de céder.

Quand je lui parlais au téléphone, il me semblait raconter toujours la même histoire qui n'attendait aucune réponse ou réaction de sa part, j'avais besoin de me décharger, de me défouler. Je devenais comme toutes les femmes et tous les hommes que l'on quitte, sans doute. Il ne me restait plus que ça, ma haine, comme l'envers de la douceur et des baisers que nous nous étions donnés. J'étais vulgaire quand j'évoquais ma rivale, assumais, c'était le seul angle que je trouvais, cherchant à la rabaisser à ses yeux et me trompant ; plus je l'enfonçais, plus Adrian la défendait, m'infligeant une double peine. Il n'était pas de mon côté.

Je jetai dans un sac les affaires qu'il avait laissées chez moi – chemises, recharge de téléphone, sweat, écharpe, écouteurs, chéquier, parfum, brosse à cheveux, une paire d'espadrilles, de mocassins, un double de ses clés. Je rangeai le sac au fond d'un placard, m'assurant qu'il ne soit ni visible ni facile d'accès. Je transférai nos dernières photographies de mon téléphone à mon ordinateur, n'ayant pas le courage de les effacer. Je décrochai deux tableaux qu'il m'avait offerts, des nageurs miniatures tracés au crayon à papier et la gravure d'un cœur rouge et noir. Je gardai une lithographie numérotée, non pour sa valeur, mais parce qu'elle représentait mon état, une femme nue et sans visage, allongée après ce que j'imaginais être sa jouissance solitaire. J'éprouvais par moments une sorte d'euphorie. Ma vie explosait. Son nouveau désordre me rappelait la multitude d'étincelles que font les bâtonnets de Noël que j'allumais enfant et qui finissaient par me brûler les doigts. J'appelai un à un mes amis, faisant le procès d'Adrian sans me remettre en question – je connaissais mes torts, mais ils ne constituaient pas une raison pour être traitée de la sorte – et, au moment de le faire, j'évoquais toujours la femme et son blog : j'étais intouchable. On me comprenait ou faisait mine de me comprendre. Par expérience, je savais qu'il valait mieux être celle que l'on a trahie plutôt que celle qui a trahi. La société préfère les vaincus aux vainqueurs, les âmes perdues aux esprits triomphants. En dépit de ma douleur, j'occupais une place confortable qui me donnait la liberté de me plaindre et l'avantage d'être consolée, n'hésitant pas alors à confier mon histoire dès que l'on prenait de mes nouvelles, au travail, en soirée, aux dîners de famille, affichant la photographie de l'Autre pour rallier à ma cause de nouveaux partenaires. Il me fallait dévoiler leur secret pour qu'il n'existe plus ou qu'il perdure dans une forme amoindrie, ridicule, je les maudissais, les rabaissais à l'état de deux sauvages soumis au diktat de la nature : assouvir ses pulsions pour se sentir exister.

Je m'étonnais qu'il ait choisi une femme de mon âge, j'aurais préféré, pour me faire plus vite une raison, qu'il choisisse une jeune, une mère potentielle qui l'aurait peut-être fait rêver en lui proposant une nouvelle vie, différente de celle qu'il avait menée ces dernières années, elle l'aurait rangé enfin du bon côté de la barrière, même s'il n'avait jamais éprouvé le désir de fonder une famille, faisant de nous deux vieux adolescents qui se félicitaient de ne pas être comme les autres. La réalité nous avait rattrapés. Nous étions identiques à ceux que nous avions jadis moqués, sûrs de notre amour et de l'avenir qu'il nous réservait. Nous avions cru traverser un paysage sans heurt ni encombre, mais avancions tout droit vers le gouffre invisible qui nous attendait.

Je prenais l'habitude de peu dormir. Mon sommeil s'approchait de l'hypnose. À demi consciente, je captais chaque bruit de la rue, voitures, benne à ordures, scooters dont le moteur trafiqué faisait vibrer la fenêtre de ma chambre, rires ou cris de ceux qui rentraient tard, ivres, heureux, souvent violents, j'entendais des bagarres et parfois des appels au secours auxquels je ne pouvais répondre et qui me faisaient sentir coupable comme si j'avais dû, par solidarité ou par devoir, protéger ceux qui souffraient à leur tour, les femmes en particulier ; j'avais acquis le statut des fragiles, l'occupant non par complaisance mais parce que je ne pouvais faire autrement, acculée, comme si la peine était une dette que je devais porter, endosser, régler un jour pour devenir une meilleure personne. Je m'accusais de ne pas avoir su garder Adrian près de moi et de ne plus savoir comment le retenir, cherchant sur le blog de l'Autre ce qui avait pu tant le séduire pour qu'il renonce à ce que nous formions. Adrian avait fait son choix.

Je me les représentais sexuellement sans trop souffrir, lui en elle, elle sur lui, debout, couchés, assis, de face, de dos, en pleine lumière ou dans la nuit, nus ou encore vêtus, lentement ou à vive allure, dans le silence ou hurlant, avec des accessoires, cordes, lacets, menottes, sextoys, avec des inconnus, brutaux, dans un lit, une voiture, sous un porche, au fond d'un parking. J'avais de l'imagination, le savais, m'y employais pour les détruire. Ma douleur était plus grande quand je me les figurais au restaurant, au cinéma, à un dîner, chez des amis, en vacances, sur une plage, dans les rues d'une capitale étrangère qu'ils découvraient ensemble, main dans la main, au musée, à l'hôtel, dans un bar, se dévorant des yeux, ou endormis, paisibles et heureux à des kilomètres de moi. Je souffrais de leur tendresse. Je souffrais de leur douceur. Je souffrais de leurs attentions. Je souffrais de leur délicatesse. L'amour est supérieur à la jouissance physique, rien ne pouvant l'égaler ou le suspendre sinon sa fin ; eux, commençaient.

Dans les semaines qui suivirent l'annonce d'Adrian, elle posta sur son blog, chaque mardi, la photographie d'une femme nue, assise sur un lit, sur une commode, sur le plan de travail d'une cuisine ou sur une table, les jambes écartées. C'était son jour, je devais en être informée. Je me réjouissais qu'elle ait si peu de temps avec lui puis m'en inquiétais : il jouait, la faisait attendre ; elle comptait. Adrian était injoignable du mardi dix-neuf heures au mercredi matin huit heures. Quand je lui en fis la remarque, car je continuais à lui envoyer des SMS, à tenter de l'entendre ou de faire en sorte qu'il m'entende – c'était le plus important pour moi, qu'il m'entende –, il répondit que ce n'était plus ma vie à présent. Je m'excusai par politesse, redoutant qu'il bloque mon numéro, mes mails, puis lui expliquai ce que je ressentais. Il semblait ne pas comprendre, ou ne pas vouloir comprendre. Adrian détestait, comme beaucoup d'entre nous, se sentir en faute. Il m'avait pourtant tout repris, du jour au lendemain, toute la panoplie amoureuse et sentimentale que l'on revêt pour assurer l'autre de son attachement, lettres, messages, appels, fleurs, surprises. J'avançais les mains nues et le cœur prisonnier. Il trouvait qu'il me donnait déjà beaucoup, les hommes en général disparaissent, coupent les ponts, je pouvais compter sur lui, il viendrait bientôt à Paris, il l'avait promis.

Adrian me manquait. Je remplissais son vide en me remémorant les lieux que nous avions occupés, comme si, par la pensée, j'avais pu le défaire de ses bras à elle pour le reprendre et que l'on marche ensemble, serrés l'un contre l'autre, ainsi que nous l'avions fait lors de nos nombreux voyages à travers le monde. Ces territoires restaient à tout jamais marqués en moi tels des points lumineux qui tournoyaient à présent si vite dans ma nuit que je ne pouvais en saisir un seul et déplier les images qu'il recelait, et dont jamais à l'époque je n'avais pensé qu'elles deviendraient un jour des souvenirs, comme on pourrait le dire d'une beauté que l'on admire et dont il est impossible d'admettre qu'elle se fanera avec le temps.

Je manquais d'appétit, m'obligeant à prendre deux collations par jour pour ne pas vaciller.

Il me semblait faire corps avec le vent. J'étais devenue légère et quasi invisible, épousant toutes les formes et me modelant sur le néant qui m'attirait. Je m'éloignais de la vie rêvée, celle qui rend les gens plus ou moins heureux, en tous les cas tranquilles ; je ne m'accordais aucun répit. Alors que j'inquiétais mon entourage, j'avais le sentiment d'avoir trouvé enfouie en moi la personne que j'étais, que j'avais toujours été et que j'avais délaissée ; mon cœur était à découvert, on lui avait volé son amour.

Je perdais mes hanches, mes seins, mes fesses, ressemblant de dos à un garçon quand je relevais mes cheveux. Je gagnais une nouvelle énergie, toute en nerfs et en tensions, mauvaise énergie, me tenant aux aguets contre un danger. Je me sentais en combustion, me dévorais de l'intérieur, en proie à une lutte qui changeait à chaque fois d'adversaire : l'Autre, Adrian, moi, chacun se succédant. Seuls quelques verres d'alcool parvenaient à rétablir un calme précaire qui disparaissait aussitôt, parce que je refusais de lâcher ma prise.

Je n'avais plus faim en raison d'une boule qui entravait ma gorge et des substituts nicotiniques – je ne fume plus depuis de nombreuses années – dont j'augmentais les doses pour les flashs qu'ils me procuraient et qui me faisaient sentir plus vivante que je ne l'étais : léger étourdissement, arythmie cardiaque, bouffées de chaleur. Je maigrissais un peu plus chaque jour, de cent grammes en cent grammes, comme une bougie fondant à la chaleur de son feu. Je me fixais néanmoins une limite à ne pas dépasser, me promettant de ne pas descendre sous la barre des quarante-deux kilos ; ce chiffre, un matin, m'avait effrayée. Il me fallait cohabiter avec un autre corps, encore plus fin que celui qui m'était coutumier, je perdais ma mue, en quelque sorte rajeunissais, effaçant les formes qu'Adrian avait saisies, désirées, divorçant de nos étreintes passées. Je le laissais à l'autre que j'imaginais massive, pleine, grande, musclée, bruyante, elle qui avait pris possession de mon espace à Zurich, l'envahissant de tout son être, de toute sa voix ; sans la connaître je la trouvais déplacée, insistante, intrusive, bien plus présente que moi : je la détestais aussi pour cela. Elle avait forcé le passage même si Adrian le lui avait autorisé. Je me demandais ce qu'il avait fait de mes affaires, de mes vêtements, de mes crèmes et démaquillants, de mes chaussures, de mon parfum, de tout ce qui pouvait le relier à moi, l'écartant elle comme l'on écarte quelqu'un avec sa main pour lui signifier de dégager ; pourtant, elle traversait la chambre, se rendait à la salle de bain, se regardait dans le miroir où je m'étais tant de fois regardée, peignant mes cheveux, brossant mes dents, avant de rejoindre celui qui m'attendait car il avait envie de *baiser* (c'était son mot) comme au premier jour et finalement comme au dernier puisque nous avions fait l'amour le matin de son départ, le lendemain de la marche qui avait eu lieu après les attentats ; mon corps avait croisé celui de ma rivale, s'y était mélangé, j'étais unie à elle par le sexe d'Adrian qui me pénétrait alors qu'il l'avait pénétrée autant de fois qu'il avait pu de novembre à janvier sans jamais se tromper de prénom quand il se tenait au bord du plaisir avant d'y succomber, tremblant comme si sa chair était parcourue d'un courant électrique, puis s'allongeant de tout son poids auprès de sa partenaire, elle ou moi, au gré des jours, lourd et immobile tel un arbre mort.

Je perdais la notion du temps, tous les jours me ramenant à celui où Adrian m'avait annoncé qu'il avait rencontré quelqu'un. Je cochais sur mon agenda chaque matinée puis chaque après-midi passés comme si cela avait été un exploit, me comparant à une toxicomane qui suit le programme des douze étapes, ayant l'impression d'avoir remporté une victoire dès qu'un jour s'écoulait ; mais je ne remportais rien, rattachée en permanence à Adrian qui occupait mes pensées et mes rêves quand je parvenais à m'assoupir sous l'effet d'un cachet de Lysanxia.

À chaque fois que je m'y rendais, je prenais en photographie le calendrier rouge et noir, un jour-une feuille, du Charlot, brasserie où j'ai mes habitudes, mes amis, si l'on peut dire que les serveurs et la barmaid sont des amis ; ils étaient tout du moins des compagnons de tristesse dont le sourire et les mots m'aidaient. Je me confiais facilement, on m'écoutait sans me juger, et cette thérapie noctambule finissait par m'enfoncer, l'alcool grisant puis dégrisant à la vitesse de la lumière, amplifiant l'angoisse et le sentiment de solitude – car j'étais seule parmi les autres. J'y allais pour prendre un verre, me changer les idées, entendre du bruit, des voix surtout, avant de remonter dans mon appartement voisin, jamais accompagnée : je restais fidèle en dépit de ma colère qui se transformait en haine au cœur de la nuit quand je parcourais le blog de l'Autre qu'elle avait rempli pendant mon absence dans le seul but de me faire peur ou de me faire de la peine, ce qui revenait au même. Depuis peu, elle ouvrait son journal par le dessin au crayon, à l'encre ou au feutre de la lettre A, ignorant à qui elle s'adressait. Mon prénom commençait par la même lettre que celui d'Adrian, ce qui m'avait laissé croire, au début de notre histoire, en une gémellité sexuelle et amoureuse.

Il m'arrivait de parler seule dans ma voiture avant d'aller travailler, libérant mon thorax ; j'étouffais. Je faisais semblant de téléphoner à quelqu'un, parvenant à rire aux éclats alors que j'avais envie de pleurer. J'avais l'impression d'être une de ces femmes démentes, j'en croisais de plus en plus souvent dans la rue sans savoir si leur nombre avait augmenté ou si je leur prêtais plus d'attention que d'habitude, éprouvant désormais de la compassion pour ceux qui décrochaient de la réalité. Je savais qu'il était facile de s'enfoncer dans la folie ou la semi-folie, la limite était fine, seul moyen de se libérer, de s'apaiser, voire de se divertir dans un nouveau monde empli de visions, de fantasmes, d'images plus extravagantes les unes que les autres. Je ne les jugeais pas, ne les craignais pas non plus, mais je restais incapable de les aider en retour, j'avais assez à faire avec mon propre cas. Je nous trouvais un air de ressemblance quand je les regardais dans les yeux ; ils étaient perdus, comme moi.

Je cherchais parmi la foule, pour confondre ma peine à une autre peine et la dissiper, un homme ou une femme vivant le même épisode, comparant ma séparation à un film dont il fallait rejouer toutes les scènes pour en trouver l'issue. Je me rendais sur les sites Doctissimo et Terrafemina afin d'y lire les forums de discussion concernant les ruptures, les divorces, les adultères. Mon histoire était d'une grande banalité, nos symptômes et nos systèmes de défense similaires, il ou elle se sentait perdu, trahi, comme à demi mort et sans avenir, blessé, humilié, délaissé, animé par une haine sans limite qui sous-entendait le meurtre ou la possibilité d'un meurtre symbolique, libérateur, chacun déchargeant une douleur trop grande pour soi car elle ramenait à la douleur de notre siècle que je comparais à une coquille vide. Je me sentais moins seule dans ce labyrinthe de désespérés, tentée parfois de témoigner puis y renonçant par crainte de sceller ma tristesse à tout jamais sur Internet et de ne jamais pouvoir me défaire de ce que je nommais mon chagrin alors que c'était bien plus que cela. Je dévissais d'une pente dont j'avais jadis atteint le sommet, ne trouvant dans ma chute aucune encoche à laquelle me retenir.

Je manquais de concentration ou me concentrais juste sur ce qui avait un rapport avec mon expérience, le reste ne m'intéressait pas, ni les livres, ni les films, ni les actualités dont je me détournais ; seul mon malheur comptait. Si par lassitude mon interlocuteur s'éloignait de mes préoccupations, je le ramenais avec autorité à mon sujet de prédilection, me faisant penser à un dresseur qui mène le ballet des tigres avec son fouet. J'avais conscience d'être en boucle, m'en excusais pour mieux me répandre quand je laissais un espace soudain vierge de ma peine et que nul ne pouvait occuper bien longtemps. J'étais obsédée, je n'évoluais pas, et par chance ou par malchance on laissait cours à mon obsession ; si les êtres échouent à se relier par la douceur, ils partagent un territoire commun : celui de la défaite amoureuse. Les larmes rassemblent davantage que les baisers. Je redevenais l'enfant à qui l'on cède et qui déforme son jouet à force d'en user. Ce n'était pas ma tristesse qu'il me fallait vivre au grand jour et partager, mais plutôt l'absence d'Adrian que je compensais en *le* racontant, tantôt avec morgue, tantôt avec fougue, comme un personnage dont on n'arrive pas à définir le rôle le plus approprié. Je l'aimais encore dans ma détestation. Je vivais une seconde histoire opposée à la première, mais il demeurait près de moi tel un monstre dont on ne peut se passer, la souffrance étant aussi une addiction et un plaisir masqué ; m'en défaire ou me guérir de lui serait revenu à y renoncer, je me battais toujours, luttant à armes inégales quand je lisais sur le blog : PARLE-MOI SALEMENT.

Je me constituais via iTunes une liste de lecture romantique, ne choisissant que des chansons de variété française qui évoquaient le manque, la déception sentimentale, l'attente, l'espoir, que je finissais par connaître par cœur, les reprenant avec leurs interprètes, ce qui me rassurait, chanter étant un signe de résistance selon ma grand-mère ; elle m'avait souvent parlé du mystère de la nature, des oiseaux fous avant les grandes marées d'équinoxe qui chantent tandis qu'approche la catastrophe. Ainsi, je maîtrisais le répertoire de Shy'm,

Natasha St-Pier, Pascal Obispo, Emmanuel Moire, dont les mots, simples mais justes, habillaient mon désarroi, me faisant penser à une adolescente au cœur tendre.

Nous étions séparés depuis un mois, Adrian s'éloignait. Je les imaginais se voyant de plus en plus, consacrant leur temps à se découvrir et à se faire la promesse de ne jamais se quitter. Je ne lui demandais pas ce que l'Autre faisait dans la vie, je ne voulais pas savoir, son statut social aurait été une menace supplémentaire s'il avait dépassé le mien ; ma mesquinerie alors m'étonnait. Je préférais la mépriser, l'imaginer en échec, seul avantage que j'avais sur elle, sachant pourtant que je me trompais : Adrian avait une aversion pour les perdants (me considérait-il ainsi à présent ?). Rien concernant son travail ne figurait dans mes recherches, que j'avais interrompues ; je me contentais des trois photographies qu'elle ne devait pas aimer, mais qui me ravissaient, je restais une vraie femme, encore certaine de mon pouvoir de séduction malgré ma maigreur, je savais comment faire craquer Adrian, connaissant ses fragilités, et je projetais de le séduire à nouveau quand il viendrait me voir ; dans cette optique, je m'achetai des sous-vêtements, un chemisier transparent, une jupe en cuir, des bas, tenue que je porterais à l'occasion de son dernier voyage vers moi, n'ayant aucune honte à vouloir l'allumer : il restait celui que je désirais et, pour rétablir l'équilibre perdu, je comptais qu'il me désire à nouveau, ferais tout pour, sans aucun respect pour l'Autre. Je souhaitais qu'il la trompe comme il m'avait trompée. Je souhaitais qu'il lui mente comme il m'avait menti. Je souhaitais qu'elle souffre comme je souffrais. Je voulais bien endosser le rôle de la *salope*, qui me paraissait être meilleur que celui de la femme abusée, plus envoûtant puisque Adrian était envoûté, j'en étais persuadée ou préférais le penser, le déchargeant d'une part de responsabilité dans ce qui arrivait, il n'avait plus toute sa tête, elle lui avait lancé un charme, il se réveillerait un jour avec des regrets. Nous devions, elle et moi, être à égalité. Je voulais me rendre justice puisqu'il n'existait aucun tribunal pour examiner et réparer mon préjudice.

Le samedi, il m'arrivait de prendre ma voiture et de rouler dans Paris, faisant plusieurs fois le tour de la ville, la Concorde, l'Étoile, Dauphine, puis du périphérique, et quand je ne me sentais pas trop fatiguée, je prenais l'autoroute, la vitesse m'excitant. Je fuyais mon appartement et plus exactement ma chambre, sachant que l'Autre était dans celle d'Adrian, occupant la place que je ne lui avais pas cédée, mais dont elle s'était emparée comme un mercenaire. Je l'imaginais dans nos draps, le visage enfoui dans mon oreiller alors qu'Adrian lui donnait du plaisir dans une position inédite. Je les entendais rire dans mon dos, puis se poursuivre dans l'appartement comme des adolescents à qui on a laissé le lieu pour le week-end. Ils étaient libres et j'enviais leur liberté.

Je roulai un jour plus longtemps que d'habitude en direction de la Normandie, puis, surprise par la nuit profonde et le manque de clarté sur la route, je m'arrêtai dans un hôtel Formule 1 par crainte d'avoir un accident, comme si elle me téléguidait à distance, souhaitant peut-être que je disparaisse à tout jamais : je refusais de lui donner raison. Je pris une chambre, tel un voyageur de commerce devant se reposer avant de s'endormir au volant ou une femme attendant son amant dans l'endroit le plus secret et le plus triste de la terre, qui était aussi l'endroit parfait pour se suicider, même si je n'avais aucun médicament, aucune arme sur moi, pas même un rasoir ou une paire de ciseaux ; le lieu était si neutre que rien n'aurait pu provoquer le fameux déclic qui empêche de passer à l'acte. Mais je n'étais pas suicidaire, et si par moments l'idée d'en finir une bonne fois pour toutes m'effleurait l'esprit, plutôt par défi et par lassitude que par désir, j'aimais encore la vie et retrouverais peut-être un jour son goût, le parfum des fleurs qui annonce le printemps, le soleil qui fait miroiter la mer, la douceur du sable quand on marche pieds nus sur une plage ; il suffisait d'attendre, de faire le dos rond, mais je restais encore droite, rigide, les poings fermés, en colère.

Je m'allongeai sur le couvre-lit, habillée, tout me dégoûtait dans la chambre, le cabinet de toilette, les rideaux, le mini-écran de télévision fixé à l'angle d'un mur comme dans les hôpitaux, les tables de nuit, le plafonnier, les gémissements de mes voisins à peine filtrés par la paroi qui nous séparait. Je restais sans dormir, avec l'idée excitante que personne ne savait où je me trouvais. Je me sentais comme évanouie du monde, dans une autre dimension qui n'appartenait qu'à moi. Pour une fois j'avais choisi – c'était lugubre, mais j'avais choisi. Je ne me faisais pas peur, alors que j'aurais dû, tout me semblait normal hormis le comportement d'Adrian qui m'avait ôtée de sa vie comme on ôte un objet d'un décor à force de l'avoir trop regardé. C'était lui qui ne marchait plus droit, moi je tenais ma direction même si je tombais ; ma tristesse était logique, je finissais par l'accepter sans l'aimer.

Je cherchais un remède à mon état, le Lysanxia ne me faisant pas l'effet escompté, pire, il décuplait mon sentiment de vide les jours qui suivaient sa prise, comme si la peine endormie, ankylosée, se réveillait renforcée ; je cherchais des traitements homéopathiques, des lotions à base de plantes, de fleurs, je faisais une provision de Zenalia, de Sédatif PC, ne trouvant toujours pas le sommeil, tourmentée par mes idées fixes impossibles à chasser, à transformer, n'ayant ni le recul ni l'humour dont j'avais tant usé pour divertir mes amis égarés ; on est toujours plus fort pour sauver les autres que pour se sauver soi – avais-je d'ailleurs envie de me sauver ? J'en doutais, rivée à mon téléphone des soirées entières, attendant qu'Adrian m'appelle ou m'envoie un message, puis au blog, dernier lien concret avec celui qui m'apparaissait désormais comme un fantôme, je perdais parfois son visage, son odeur, le son de sa voix, incapable de regarder ses photographies, de relire ses lettres, d'écouter d'anciens messages que je n'avais pas effacés de mon répondeur comme s'ils avaient été les ultimes preuves d'une relation partie en fumée. Je questionnai ma pharmacienne sur un traitement naturel au mal de vivre, elle me regarda avec une légère tristesse qui signifiait qu'elle était aussi passée par là, puis me demanda si j'étais aidée, pour ne pas dire « suivie » par peur de me heurter, j'étais pourtant bien malade, le cœur tremblant, frappée par une fièvre froide et sans antidote.

Je pris rendez-vous avec D.G , ostéopathe et magicienne sachant calmer l'angoisse et réparer ce qui se brise. Elle me trouva en mauvais état, étira l'ensemble de mon corps comme si j'étais une poupée de chiffon à sa merci, je me laissai faire, espérant regagner une nouvelle énergie sous ses mains puis ses aiguilles qu'elle plantait aux endroits où ma peine s'écoulait : poignets, crâne, ventre, creux des genoux. Je lui montrai la photographie de ma remplaçante, elle me conseilla de ne pas la garder sur moi, de me protéger davantage, croyant en la circulation des ondes négatives, mais je n'y parvenais pas, j'étais faible et sous emprise. Elle me prescrivit du Green Magma, poudre végétale qui renforçait les défenses immunitaires et dont je m'abreuvai dès le réveil les jours suivants, certaine de son efficacité ; cela m'évoquait une scène d'un film de Woody Allen – Diane Keaton en proie à un mari volage, consultant un guérisseur asiatique pour réduire sa peine, devenait invisible en ingérant des herbes prévues à cet effet. J'aurais alors tout donné pour avoir à mon tour le don d'invisibilité et les regarder sans être vue et comprendre les raisons de ma ruine amoureuse et m'enfoncer encore un peu plus loin dans mon naufrage, assistant à leurs ébats, leurs discussions, leurs rendez-vous, chez elle, chez lui, dans les jardins du Dolder, sur les rives du lac, dans les ruelles du Niederdorf. Je voulais me soustraire au monde et à mon désenchantement, espérant qu'un miracle survienne et efface ce qui semblait marquer ma chair. J'étais atteinte.

Je me rendais une fois par semaine dans les jardins de Bagatelle, le centre de Paris restant lié à Adrian ; j'évitais de fréquenter les restaurants, les bars, les magasins où nous avions l'habitude de nous rendre ensemble. Je songeais à déménager, à changer d'arrondissement, tant j'avais l'impression de marcher dans les pas de celui qui huit ans durant avait monté les escaliers de mon immeuble pour venir me rejoindre. Je détestais cette mémoire des lieux, pensais à repeindre les murs de ma chambre et retirais un à un les meubles que nous avions acquis ensemble lors de la brocante de la rue de Bretagne ou au fil de nos marches dans Paris, capitale qu'il aimait tant et qui devait lui manquer. Adrian était encore matériellement présent, je me félicitais toutefois de ne pas vivre dans la même ville que lui en dépit de la frustration que cela générait – je ne pouvais le rejoindre à l'improviste ou lui donner rendez-vous pour combler le manque que j'avais de lui. Je devais encore attendre avant de le voir, il avait dépassé largement le délai de trois ou quatre semaines maximum qu'il s'était donné lors de notre première explication, par téléphone, le 15 janvier ; il gagnait du temps, espérant que je m'apaise alors que je ne m'apaisais pas.

Je photographiais dans les jardins de Bagatelle les paons qui croisaient mon chemin. Seule la beauté de la nature parvenait à me divertir de mes pensées, me reconnectant à mes souvenirs d'enfant ; j'avais jadis passé tant de dimanches à courir et à me cacher dans les petits chemins touffus du lieu, tremblant à chaque fois que je franchissais les limites de la grotte que je comparais à l'antre du Diable, excitée de côtoyer de si près le danger et d'en sortir indemne, bravant mon angoisse de petite fille. Les paons se mélangeaient sur ma pellicule avec les images de l'Autre que je jugeais odieuse et maléfique, leur pureté me protégeait d'un mauvais sort que je croyais de plus en plus probable ; cette femme, c'était certain, me souhaitait le pire. Je m'inquiétai un soir en découvrant, après avoir eu une conversation avec Adrian pendant laquelle, comme à mon habitude (il fallait bien que cela sorte), je n'avais mesuré ni mes mots ni ma colère – je l'avais qualifiée de prédatrice, de hyène, d'ignoble personnage –, qu'elle l'avait manipulé : elle avait recueilli ses confidences sur notre relation et ses failles, en l'occurrence le temps. Elle se rendait disponible autant qu'elle le pouvait même si Adrian me confiait ne pas la voir souvent pour me rassurer, ce qui ne me rassurait d'ailleurs pas : je préférais qu'il soit fou d'elle, plutôt qu'il me repousse juste parce qu'il en avait assez de moi. Je découvris une heure après notre dispute l'image, sur son blog, de deux femmes sur un ring de boxe, tenant une banderole où il était inscrit GAME ON.

Adrian refusait de me croire et de vérifier par lui-même en consultant le blog de celle qu'il défendait, cela ne représentait aucun intérêt pour lui, j'étais devenue paranoïaque, obsessionnelle, ingérable – ses mots confirmaient sa position, qui ne bougeait pas : il était avec elle, envers et contre tout. Je comprenais à moitié qu'il réagisse de la sorte, ne pouvant faire machine arrière, engagé dans une histoire qui avait détruit la nôtre, aveuglé par son désir et craignant peut-être de s'être trompé. Je criais à l'injustice, il ne m'entendait pas ou refusait de m'entendre, nous étions loin de nos jours heureux.

Nos appels me terrassaient, j'aurais préféré rompre tout contact, mais je ne pouvais me passer de lui tant que je ne l'avais pas revu, espérant le regagner, c'était une lutte, j'en avais conscience. Sujette depuis peu à de nouvelles douleurs dans les jambes et à une sensation d'occupation, je devais chasser celle que je surnommais *la sorcière* : je la sentais tout autour de moi, comme un halo m'enserrant, l'imaginais piquer une marionnette à mon effigie aux endroits qui me faisaient mal sans raison : le ventre, le crâne, les poignets, l'intérieur des genoux, là même où D.G. avait tenté de me soulager – elle saccageait son travail, mes tentatives de guérison, mon espoir d'aller mieux un jour, de tourner la page, de me retrouver et de ne plus penser à elle, à lui, à nous trois. Si j'avais dû quantifier le volume de mes pensées la concernant, il aurait dépassé celui que je destinais à Adrian, ce qui m'effrayait : elle était devenue plus importante que lui. Je tissais une toile qui nous emprisonnait tous les trois, comptant bien regagner celui que j'avais perdu.

J'avais une théorie, celle de la porte fermée : s'il ne me laissait plus entrer, la lumière passait encore par un interstice certes très petit, mais qui laissait entrevoir une possibilité ; on n'efface pas si vite ce qui a tenu tant d'années. Il me fallait juste miser sur le temps, malgré mon impatience ; je saurais attendre, j'en avais l'habitude désormais, rien ne comptait sinon ma victoire. Je voulais avant tout qu'il la quitte même s'il ne revenait pas vers moi, l'idée qu'ils restent ensemble me ravageant, j'étais emplie d'orgueil, le savais, préférant même qu'Adrian me remplace par une deuxième femme, ce qui aurait atténué ma douleur en me renvoyant à la douleur de l'Autre et en faisant de nous deux sœurs ennemies. Je désirais qu'elle endure ce que j'endurais et qui restait sans mot, aucune formule, aucun conseil de mes amis ne parvenant à m'apaiser, pire, je les rejetais, méprisant leur douceur que je prenais pour de la pitié, reprenant une expression que j'avais détestée un jour l'entendant, « les caresses de chien donnent des puces », sauf que j'aurais alors adoré être un chien, j'avais tant envie que l'on s'occupe de moi, pour exister à nouveau et que le souvenir du corps d'Adrian en moi s'efface. Je ne me donnais pas de plaisir, refusant de me relier à lui, il était encore à l'origine de toute jouissance. Tous les hommes que je croisais me semblaient incapables de le remplacer ou de me donner ce que je cherchais, même si je ne cherchais rien sinon à retrouver celui que j'avais perdu. Je me protégeais des rencontres hasardeuses et sans suite qui m'auraient fait davantage de mal que de bien.

Je manquais de légèreté, m'en voulais, enviant un soir au Charlot un couple d'inconnus assis non loin de moi et que j'observais. La femme ressemblait à l'une de mes idoles de jeunesse, Alexandra Stewart, l'homme, son ami, plus grand, plus fort qu'Adrian, lui prenait le visage entre les mains car elle pleurait. Il la consolait, lui disait que *l'autre*, celui qui apparemment l'avait quittée, était un *sale con*, qu'il ne savait pas ce qu'il perdait, une si jolie femme, si élégante, si belle, qu'elle ne devait pas se mettre dans cet état-là – ils commandaient des whiskys baby –, que cela passerait avec le temps, mais qu'il était là pour elle, son meilleur ami, et que plus il la regardait, plus il avait envie d'elle, même si l'on ne doit jamais confondre l'amitié avec l'amour, mais ce n'était pas de l'amour qu'il lui proposait à cet instant-là, pas comme on l'entend, il voulait juste qu'elle sache combien elle était désirable, attirante, elle ne devait pas en douter, jamais, surtout pas à cause de cet *enfoiré* – j'avais l'impression qu'il évoquait Adrian, même si j'avais toujours pris soin de ne pas parler de lui en ces termes –, il connaissait bien ce garçon qui n'en était pas à son premier coup, il l'avait pourtant prévenue, mais surtout, elle le savait, les hommes sont imprévisibles, elle ne devait pas se remettre en question, ils étaient tous ainsi, et ce n'était pas si grave au fond, il fallait le voir comme un défaut de fabrication qui les différenciait des femmes, c'était un classique, une affaire ordinaire, et lui était là pour elle, il le répétait à l'envi, c'était ce soir ou jamais d'ailleurs, il fallait saisir sa chance, pour tourner la page ou tout du moins s'apaiser le temps d'une nuit, elle y verrait plus clair demain, pour l'instant c'était le chaos dans son esprit, mais il y remédierait un tout petit peu en passant un moment avec elle, en lui montrant combien elle était somptueuse, sexy, elle devait lui faire confiance, il s'y connaissait en matière de femmes, elle le savait puisque c'était son ami et elle verrait combien il était doué pour rendre une femme plus belle encore qu'elle ne l'était.

Je trouvais leur conversation sidérante mais ne pouvais m'empêcher de la suivre, attendant la réaction de cette femme qui, j'en étais certaine, était en train de se faire berner une fois de plus – les femmes sont idiotes quand elles sont tristes, pensais-je alors –, acceptant un marché de dupes, la peine étant comparable à un brouillard. Elle s'arrêtait de pleurer, l'écoutait, il allait la sauver, pas pour toujours, mais au moins pour ce soir, c'était déjà ça d'acquis, alors elle le laissait faire : ses mains sur ses cuisses, sur sa jupe, sur son ventre, puis encore sur son visage, il l'attirait contre lui, la serrait dans ses bras, caressait sa nuque, ils recommandaient des baby, l'alcool donnait du courage et de la force, faisait oublier, un temps, combien l'amour est triste et pauvre quand il s'abîme, combien le désir est vain quand il naît de la vengeance. Ils s'embrassaient, accrochés l'un à l'autre comme deux nageurs, s'entraînant vers le fond plutôt que de regagner la surface, elle plongeait en lui, il plongeait en elle, ses mains sur ses hanches, il était brutal, elle semblait s'en accommoder, se laissait faire, il aurait pu la posséder là, devant tout le monde, avec ses doigts, elle ne voyait plus rien, ils étaient seuls mais pas ensemble, chacun dans son malheur ; tout cela était faux mais j'enviais leur capacité à se mentir, leur volonté aussi de se donner du plaisir, même si cela n'avait rien à voir avec l'amour ou l'idée que l'on s'en fait. Cette femme était finalement plus forte que moi, animée encore par l'envie d'un autre sans penser au lendemain.

Je n'avais pas ce courage, nous étions déjà à la fin du mois de février et je refusais de m'inscrire sur les sites de rencontres, Meetic, Attractive World, comme me le conseillaient mes amis ; ils avaient tous essayé, n'avaient pas trouvé, ou pas vraiment, ça n'avait pas duré ou ça n'avait pas pris, mais ils avaient tenté leur chance, il n'y avait rien à craindre, on se rendait vite compte à qui on avait affaire (l'avantage de l'écriture), et quoi qu'il arrive, cela faisait du bien d'être en relation avec un inconnu, du reste si je ne le sentais pas, je n'étais pas obligée de prendre un verre, de le voir, mais au moins ça existait, on était moins seul, moins perdu, c'était une forme de lien, propre à notre époque, un nouvel outil pour les âmes égarées, pourquoi s'en priver ? Tous les instruments étaient bons pour avancer, car il fallait que j'avance et je n'allais pas attendre toute ma vie quelqu'un qui ne voulait plus de moi et qui, lui, poursuivait la sienne. Souhaitait-il quitter cette femme ? Non. En envisageait-il la possibilité dans un avenir proche ou lointain ? Non. Raisons de plus pour m'inscrire : on allait m'aider à choisir une photographie, à résumer mon profil, à me présenter et mettre toutes les chances de mon côté. Cela n'engageait à rien, il fallait le prendre comme un divertissement, n'est-ce pas dans les moments où l'on s'y attend le moins que les miracles arrivent ?

Je résistais à la tentation de chercher puis contacter un inconnu, une bouée, une main tendue sur Internet, j'étais vieux jeu peut-être, affairée à mon passé ; j'ouvris toutefois un compte, par principe et pour faire taire mes amis, compte que je laissai invisible, sans image, sous le pseudonyme June72, craignant que l'on me reconnaisse. Je ne mettais aucune chance de mon côté. La chance ne se provoquait pas. Elle m'avait quittée. Je m'étonnais de recevoir régulièrement des messages dans la boîte aux lettres que le site m'avait attribuée : le vide s'aimantait au vide.

Obsédée par son blog, j'attendais qu'elle s'y manifeste, l'espérais même afin de récolter le maximum de preuves avant de voir Adrian à Paris, qu'il soit devant le fait accompli et qu'il ouvre enfin les yeux. Je m'y connectais depuis mon téléphone, dans ma voiture, avant de me rendre en séance d'enregistrement, puis de retour chez moi, depuis mon ordinateur, craignant à chaque fois de laisser une trace de ma visite. La nuit donnait une autre dimension à ce que je considérais être une fenêtre ouverte sur sa chambre. Nous étions reliées dans un espace-temps qui m'était devenu indispensable, en dépit de son caractère abstrait, irréel, certaine que chaque message était destiné à me faire réagir ; ma colère lui donnait de la valeur, j'étais impulsive, elle le savait, allant toujours plus loin dans ses provocations. Je décidai de l'appeler un soir – j'avais gardé son numéro –, non pour l'insulter, mais parce que sa dernière publication m'avait troublée. Un revolver pointé sur le sexe d'une femme dont les paumes arboraient mes initiales occupait la page de son journal. Il me semblait devoir rompre le silence et la calmer, même si je m'inquiétais plus pour Adrian que pour ma personne – moi, je savais

Elle ne répondit pas à mon premier appel, ni au second, je tentai une troisième et dernière fois. J'imaginais son téléphone sonner au centre de sa maison en lisière de forêt, je savais qu'Adrian n'était pas avec elle puisqu'il fêtait l'anniversaire de son père, elle ne l'accompagnait pas, ses parents n'étant pas encore informés de mon éviction, ce qui me réconfortait – soit il avait honte, soit il comptait revenir avec moi, les deux explications me plaisaient. Elle répondit peu avant que je ne raccroche, d'une voix dont la douceur m'étonna. Elle ne sembla pas surprise quand je déclinai mon identité. Aucun bruit ne parvenait jusqu'à moi, je me la représentais seule, perdue non loin des bois, avec pour unique lumière l'écran de son ordinateur éclairant son visage, pareille à un macchabée revenu des ténèbres pour accomplir son dessein. Elle ne se défendait pas, me laissait parler, j'étais sans haine, déroulant un ruban que j'avais tenu serré dans ma main depuis trop longtemps : « Je voulais juste vous appeler, vous entendre, vous dire que je ne vous veux aucun mal, c'est important pour moi de vous dire que je sais tout pour Adrian et pour vous, c'est peut-être ridicule, mais je devais le faire, je ne veux pas de colère entre nous, surtout pas, ni de haine, je ne vous en veux pas, et d'ailleurs si je dois en vouloir à quelqu'un, c'est à Adrian, à lui et à lui seul, non parce qu'il est avec vous, c'est la vie, c'est comme ça, personne n'est protégé contre la fin d'un amour, personne, mais parce qu'il m'a menti, c'est ça qui ne passe pas, c'est tout, le reste ne me concerne pas, et vraiment je tenais à ce que vous le sachiez, on est deux femmes, on peut se comprendre, les hommes sont d'une lâcheté folle, pas nous n'est-ce pas ? Et vous connaissez un peu Adrian maintenant, c'est un être d'exception, mais qui a ses petits défauts, comme tout le monde, il s'est arrangé avec sa vérité à lui, me jurant qu'il vous connaissait à peine, c'est pour cette raison que j'étais furieuse, vous comprenez ? Et si un jour vous avez besoin de moi, je serai là, autant s'entraider non ? Je sais qu'Adrian est parfois difficile à comprendre, mais ce n'est pas une mauvaise personne, loin de là, il a son caractère, ses colères, mais nous savons pourquoi nous l'aimons non ? Parce qu'on l'aime toutes les deux, il a de la chance d'ailleurs, enfin, bref, je m'égare. La raison de mon appel, je me répète, est que j'aimerais faire la paix avec vous, non que l'on soit en guerre, mais je ne veux pas de colère, pas de tension, nous sommes de grandes filles, il me semble, et il serait plus judicieux de s'entendre, en tous les cas de ne pas se vouloir de mal, je ne pense pas que vous me vouliez du mal, mais je préfère m'en assurer ; je n'accepte pas, je refuse qu'Adrian souffre de cette situation, j'ai trop de respect pour lui, pour notre histoire, après tout il a fait un choix, un choix que je dois respecter d'ailleurs, comme vous, vous devez respecter son passé, mais je suis sûre que vous le respectez, sûre. C'est tout ce que je tenais à dire, je n'avais pas l'intention de vous déranger, mais c'était important que je vous livre ce que j'avais sur le cœur. »

Sans jamais m'interrompre, elle acheva mon monologue par « Je comprends » et raccrocha. Ma faiblesse était si évidente. Je regrettais de l'avoir appelée. Je la soupçonnais d'avoir posé son téléphone sans m'écouter, vaquant à ses occupations, vaisselle, linge, courrier, me laissant m'enfoncer.

Quinze minutes après, elle postait la photographie d'un parking à plusieurs étages dont les rampes s'enchevêtraient comme si elles avaient explosé : EXIT en était la légende. Je pleurais. Dans ma détresse j'avais cru me rallier à mon adversaire alors que je m'humiliais. Je n'avais pas honte, il n'y a aucun mal à se rabaisser par amour, ce n'est pas grave, bien au contraire, je perdurais dans mon histoire, n'en déviant jamais, certaine que les mots une fois dits sont à demi guéris.

Je me rendis à l'église Sainte-Élisabeth, allumai un cierge. Je priai la Vierge dont je croyais voir les larmes couler, sa beauté me renversa, je croyais en ce qui dépasse et grandit ; chacun a sa façon de trouver du réconfort, la mienne était parmi les bois, l'encens et les prières, je me sentais en sécurité, à l'abri du bruit et de la circulation de la rue du Temple qui fourmillait, je n'étais soudain plus seule, mais en fusion, ma peine rejoignant celle des autres, hommes et femmes prostrés sur les bancs, et celle plus grande encore d'une Mère qui pleurait son Enfant ; on peut croire ou ne pas croire, mais je défie quiconque d'être indifférent à la sérénité, au feutre, à la soie d'une église, dernier lieu me semble-t-il où la paix règne ; ici l'Autre ne m'atteignait plus, son sort s'effaçait, n'existait plus, mes mains jointes et ma tête baissée l'éloignant. Je ne demandais pas qu'Adrian revienne, j'en avais perdu l'espoir, je désirais acquérir la force de repousser les démons qui me persécutaient. Je demandais au ciel de m'aider.

J'avais rendez-vous un soir à la Société, un restaurant place Saint-Germain-des-Prés, avec les Valéry's, deux femmes – elles portaient le même prénom – que je connaissais depuis vingt ans, dont j'admirais la force et la constance en dépit des crises qu'elles avaient dû traverser et qu'elles avaient surmontées, à l'inverse du couple que je formais avec Adrian et qui n'avait pas tenu sur la longueur, s'effondrant à la première épreuve : nous étions faibles et sans ambition amoureuse, enclins à la résignation, embrassant notre déclin sans tenter vraiment d'y remédier. Nous avions capitulé. Les Valéry's avaient su protéger leur amour, comme encastré dans un sas de sécurité que rien ni personne ne pouvait briser, pas même le temps. J'y voyais la résistance d'un couple hors norme : les homosexuels livraient une guerre bien plus difficile qu'on ne le croyait malgré les avancées récentes d'une société que je trouvais encore injuste et fermée quand je recevais les confidences de mes amies qui avaient bravé tant d'obstacles en adoptant dix ans auparavant une petite fille, Juliette ; elle avait déjà fait quasi le tour du monde, ses deux mères considérant que l'amour passe avant tout par la connaissance des autres, la haine et la violence, elles, étant le produit de l'ignorance. Juliette commençait bien dans la vie, même si l'on n'est jamais à la place d'un enfant et qu'il est compliqué de déceler un esprit chagrin ou tourmenté, l'enfance recelant ses intouchables secrets, mais c'était à chaque fois ce que je pensais quand je rendais visite à cette famille qui me semblait plus unie, plus soudée que d'autres dites conventionnelles chez qui j'avais si souvent perçu un malaise, une tristesse, raison pour laquelle je n'avais jamais désiré devenir parent, certaine qu'il fallait avoir été un *bon* enfant pour cela, ce qui n'était pas mon cas : quand je me penchais sur mon passé, j'y puisais plus de mélancolie que de légèreté.

Les Valéry's étaient douées pour le bonheur. J'espérais en les retrouvant qu'elles m'arracheraient à ce que je nommais ma part de ténèbres, part qui s'élargissait avec la perspective de revoir, une dernière fois, je le savais, Adrian, comme pour se dire adieu, même si nous n'avions pas spécifié la nature de notre prochain rendez-vous. Plus que jamais j'avais besoin de mes amies qui avaient gravi toutes les montagnes du monde et m'apprendraient à regagner un sommet désormais invisible, tapi derrière les brumes de l'hiver. Je leur fis part de mon histoire et de mon impression d'avoir été abandonnée comme un animal au bord de la route parce qu'il est devenu de trop et qu'il n'y a plus de place pour le loger, puis exhibai la photographie de ma remplaçante pour justifier mon propos, façon puérile d'asseoir mon statut de victime, la souffrance laissant cours à toutes les dérives. Elles m'écoutaient avec attention, surveillant ma façon de boire, trop vite, de trier les aliments, inquiètes de mon agitation et de ma perte de poids. Je leur expliquais que je n'avais plus faim, que j'étais empêchée par une petite boule qui semblait se promener entre ma gorge et mon ventre, petite boule bien connue des âmes en peine. Seul l'alcool m'écartait, un temps, très court, de mon traumatisme ; elles comprenaient. Je n'étais jamais ivre, ne perdais jamais le fil de mes idées, la nuit avançant je me sentais enveloppée par le champagne comme si je m'étais enroulée dans un doux sari qui, je le savais par expérience, toutes mes nuits se ressemblaient, disparaîtrait une fois seule dans mon lit.

Je leur fis part de mon désarroi, me sentant harcelée par cette femme qui m'adressait des signes via son blog, avouant aussi ma faiblesse : il m'était impossible de ne plus m'y rendre, pire, j'éprouvais une vive excitation à chaque fois que je m'y connectais, prenant le bâton pour me faire battre. J'étais devenue masochiste, non que je trouve du plaisir à me faire terroriser, mais plutôt à exister. J'avais un rôle dans sa vie puisqu'elle tenait à me le faire savoir ; Adrian, lui, sans m'en faire part, prenait peut-être ma défense : cela me suffisait. Mes deux amies me conseillaient d'être plus combative, de m'imposer un nombre limité de connexions, comme pour l'arrêt d'un psychotrope, tout en sachant combien mon addiction au blog était légitime, normale, elles iraient voir à leur tour non pour vérifier ce que je leur confiais car elles me croyaient, mais pour constater combien la nature humaine est destructrice. Je pensais aux adolescents qui se pendent dans leur chambre à force d'être persécutés sur le Net, je n'en étais pas là, mais le principe était le même : j'étais la cible d'un esprit qui œuvrait en souterrain, moi seule pouvant reconnaître les signes que l'Autre m'adressait ; nous avions établi une forme d'intimité.

Au fur et à mesure de la soirée, je me sentis m'éloigner de mes compagnes. Je surprenais un baiser discret, une main effleurant un poignet, vite, en cachette, comme si elles étaient honteuses de s'aimer. Elles faisaient attention, non au regard des autres, mais au mien, m'épargnant leur tendresse, ce qui était plus blessant pour moi qu'une effusion : j'étais donc très fragile. Je regardais la salle du restaurant, sombre, la musique montant en puissance couvrait les conversations, on aurait dit un night-club des années quatre-vingt, quand alors je me sentais la reine du monde, fière et forte de ma jeunesse, sûre que rien ne pourrait jamais m'arriver, pas même la mort ou la maladie, comme si j'étais immunisée contre le malheur. Je me levai pour descendre l'escalier qui menait aux toilettes, désirant me laver les mains, rafraîchir ma nuque, la tête me tournait. Je me sentais seule, aucun homme, aucune femme ne semblait m'accorder le moindre intérêt, ou du moins j'étais dans l'impossibilité de le remarquer. J'étais ma propre forteresse, vide, comme le titre d'un livre de

Bruno Bettelheim sur l'autisme, je me cloîtrais de l'intérieur. J'avais perdu mon désir pour les autres. Les serveuses avaient l'allure de mannequins, je me demandais combien de femmes me succéderaient dans la chambre, le lit d'Adrian. Il n'allait pas s'arrêter à l'Autre. Le chemin était ouvert.

De retour à notre table, l'une des Valéry's me serra dans ses bras. Je devais selon elle aller voir quelqu'un, je ne pouvais rester ainsi, je ne m'en sortirais pas seule, il n'y avait aucune honte à cela, elle avait un nom, une femme, psychiatre, très bien, spécialisée en cas de crise – j'en traversais une, bien réelle –, le docteur Krantz, je devais appeler de sa part, elle me prendrait vite, elle était ainsi, réactive, sérieuse, en plus elle parlait, on n'était pas face à un mur, elle expliquait tout, rien à voir avec l'analyse sèche, froide, s'étirant sur plusieurs années, qui rebutait tout le monde, non, le docteur Krantz était bien vivante, comme à égalité avec son patient, ce serait une aventure pour moi, puisque c'était la première fois, une aventure humaine, je n'imaginais pas à quel point cela pouvait aider, elle l'avait sauvée elle à un moment délicat de sa vie, ce n'était pas une marque de faiblesse, mais plutôt une force sur les événements qui arrivent, je ne devais pas laisser Adrian et l'Autre me détruire de la sorte, ce n'était pas possible, elle n'allait pas tout gagner quand même ? Je devais réagir, me battre, le docteur Krantz me donnerait des armes, et pourquoi pas un petit traitement, quelque chose de rien du tout, pour me sortir la tête de l'eau et prendre du recul, je devais appeler, le plus tôt possible, avant de voir Adrian surtout, elle serait d'une aide précieuse, une béquille, je ne pouvais pas m'enfoncer ainsi, je ne méritais pas ça, d'ailleurs personne ne méritait ça. Je pris l'adresse et le numéro de téléphone du docteur Krantz, malgré ma peur.

Alors qu'Adrian m'avait annoncé qu'il ne passerait pas un week-end entier avec moi – trop tôt, d'après lui –, arrivant samedi pour le déjeuner puis repartant dimanche matin, alors que je lui avais demandé s'il allait dormir chez moi ou descendre à l'hôtel, et que sans hésiter il avait répondu « Je dors chez toi, nous ne sommes pas des étrangers », alors que je perdais encore du poids, alors que je découvrais sur le blog un Gif qui, j'en étais sûre, me concernait – une bouche rose répétant : BITCH, BITCH, BITCH –, je décidai d'appeler le docteur Krantz, signifiant à son assistante qu'il s'agissait d'une urgence. Elle me proposa un créneau, le soir même, un patient s'étant décommandé, j'imaginais ce dernier allant plus mal encore que moi, incapable de quitter son lit, je profitais de sa place vacante, espérant qu'elle me soit attribuée pour un temps indéfini, je capitulais, j'avais en effet besoin d'aide, moi qui portais un avis négatif sur la psychanalyse, ne trouvant pas que mes amis suivis aient réglé ce qu'ils avaient *à régler* (c'était leur expression, comme si chacun avait une dette envers soi), toujours aussi tristes pour certains, dépensant des fortunes pour livrer des secrets que seul un spécialiste pouvait, soi-disant, recevoir – je n'y croyais pas ou si peu, il est vain de croire en l'intervention d'un autre, qu'elle soit médicale ou non, chacun étant maître de ses actes sinon de son destin, telle était ma conception de la liberté, de ses limites, nous seuls avions la clé de nos verrous. Je me considérais plus forte que les autres, trouvant du réconfort quand il m'en fallait, en moi, en ma capacité à nier les choses ou à les transformer, don que j'avais perdu en perdant Adrian, me répandant dans ma douleur.

J'éprouvais une colère étrange en me rendant chez le docteur Krantz. Au lieu de me féliciter de cette visite, j'y voyais la marque des faibles. Je me garai devant son cabinet, profitant de mon avance pour traverser le parc Monceau, dans le froid qui coupait. J'avais envie de pleurer, me faisais pitié. Adrian ignorait le quart de ma souffrance. Je passais sous silence la majeure partie de mes tourments, refusant de lui donner l'image d'une *looseuse*, je retenais à chaque fois que je l'appelais mes larmes, tentant de lui expliquer combien il était intolérable que sa *garce* me nargue ainsi en public. Je faisais tout pour le repousser ; j'y parvenais.

Je m'étonnais que les murs de la salle d'attente où je me trouvais soient si peu étanches, laissant filtrer jusqu'à moi les confidences des patients dont les voix s'entremêlaient d'un bureau à un autre, le cabinet étant occupé par trois thérapeutes. Un homme se plaignait de devoir mourir un jour, c'était inacceptable, intolérable, il ne pouvait pas l'admettre, l'intégrer, cela lui procurait beaucoup d'angoisse, « Je ne peux pas, vous comprenez docteur, je ne peux pas, ce n'est pas possible, vous allez faire comment pour me soulager ? Pour guérir mon état d'homme ? » Une femme se désolait de ne pas être reconnue en tant qu'écrivain, elle avait du talent pourtant, elle en était convaincue, la preuve, elle ne cessait d'écrire, ne se décourageait pas, même si aucun éditeur ne lui avait accordé sa confiance, cinq manuscrits déjà, envoyés par la poste, de toutes les manières ils ne les lisaient pas, mais elle avait un plan, un plan redoutable, ils verraient ces salauds de quel bois elle se chauffait. J'avais envie de partir, il en était encore temps, préférant le silence aux explications. Je n'avais pas informé Adrian de ma démarche, ne désirant pas le soulager, je voulais l'inquiéter s'il était encore possible de l'inquiéter, à défaut de le faire culpabiliser. Il ne m'épargnait pas, assénant sa phrase préférée, « J'ai fait mon choix », quand je dépassais les limites – mais de quelles limites s'agissait-il ? La tristesse est sans cadre.

Le docteur Krantz portait un pantalon chino en toile beige retroussé, une chemise bleue, des sandales malgré l'hiver. Je remarquai les ongles vernis rouges, une explosion de grains de beauté sur les avant-bras et le haut de la poitrine. Elle avait une beauté particulière qui, au fur et à mesure de notre entretien, s'intensifiait. J'aimais sa voix, ses yeux, sa façon de se tenir derrière son bureau, de m'y recevoir non comme une malade ou un cas, mais comme une femme. C'était cela avant tout qui me plaisait. Je regagnais mon statut. Les semaines qui avaient suivi la séparation m'avaient replongée dans les ombres de l'enfance, rendue étrangère à moi-même : j'avais été dans l'errance.

Je ne retins pas mes sanglots quand elle m'interrogea sur les raisons de ma venue, je venais d'être quittée par l'homme que j'aimais, après huit ans, je peinais à me relever, même si je savais qu'il y avait pire que moi, mais c'était dur, je me sentais rejetée, abandonnée, trahie, c'était d'ailleurs cela le plus dur, d'avoir donné ma confiance, sans jamais douter, pas le moindre soupçon, je me sentais idiote, nulle, à la merci des événements, je ne mangeais plus, ne dormais plus, il me semblait être au centre d'une forêt dévastée, avec aucun arbre pour m'abriter, et il y avait cette femme (je montrai sa photographie), ma rivale, je n'arrivais pas à comprendre, pourquoi elle et pas une autre, et elle tenait ce blog, qui d'une certaine façon était mon dernier lien à Adrian, même si je me trompais, mais j'essayais de savoir où ils en étaient par ce prisme, elle me manipulait, j'étais tombée dans ses filets, elle m'épiait, j'avais beau le savoir, j'y retournais, m'y vautrais, ne me ménageant jamais, bien au contraire, c'était bon de souffrir, après tout je le méritais peut-être, je me sentais salie, j'avais non seulement perdu confiance en moi, mais en tous les hommes aussi, et peut-être même toutes les femmes, l'amour n'existait pas, c'était une invention, jamais plus je n'aimerais, jamais plus, c'était ça aussi le plus triste, Adrian avait détruit l'espérance. J'avais peur, tout le temps, c'était mon seul sentiment, le seul qui existait encore et c'était difficile de vivre avec la peur, en continu, comme un sang noir qui empoisonne, je ne savais plus quoi faire, ma tristesse, aiguë comme une infection, ne servait à rien, j'avais beau entendre que l'on tire toujours un enseignement d'un échec, j'avais beau le savoir, là ça ne marchait plus, on m'avait délaissée. Je me sentais vieille, épuisée, sans défense. J'avais donné mes plus belles années. Je n'avais ni l'envie ni la force d'aller mieux. J'allais revoir bientôt Adrian, je ne savais pas si c'était une bonne chose, mais il le fallait et puis peut-être qu'il changerait d'avis en me voyant. J'étais pathétique, espérais sa pitié qui serait toujours mieux que son indifférence. Je m'en voulais d'être si faible, m'en excusais.

Le docteur Krantz m'ordonna de rompre le triangle que nous formions tous les trois, de ne plus me connecter au blog, de retrouver Adrian dans un endroit neutre et de disparaître. J'acquiesçai tout en m'en sachant incapable. Je croyais davantage en la chimie qu'en ma volonté, me rendant, sitôt la consultation terminée, à la pharmacie la plus proche, munie de mon ordonnance. Comme s'il avait eu des antennes, je reçus un appel d'Adrian que je ne pris pas, il laissa un message m'indiquant son jour et son heure d'arrivée, précisant : « Tu es toujours sûre de vouloir me voir ? sinon je peux encore attendre, enfin, nous pouvons encore attendre, je comprendrais, tout me va, je suis libre le week-end prochain et je peux m'arranger si tu ne te sens pas prête, je ne veux pas que tu le prennes mal, mais je préfère décaler mon voyage plutôt que d'avoir à subir une dispute, je ne m'en sens pas capable, tu comprends, et surtout tu dois me dire, vraiment, si c'est un problème que je dorme chez toi, sinon je prends une chambre à l'hôtel. »

Je répondis par un SMS – « samedi prochain chez moi ». Je ne voulais pas l'entendre.

Je ne lus pas la notice du Zoloft par crainte d'en développer les effets secondaires, je savais mon imagination, sa capacité à me faire croire en des choses qui n'existent pas. Elle est souvent responsable de ce que je compare à des creux de l'esprit, dérobant mon bon sens au moment où j'en ai le plus besoin. Je m'en méfiais alors, ce qui revenait à me méfier de la personne que je suis. Je n'appelai pas Adrian, non pour obéir au docteur Krantz, mais parce que je n'en avais pas envie. Je me couchai tôt, dînant à peine comme à mon habitude, ne m'en souciant guère, cela reviendrait un jour, comme le printemps succède à l'hiver alors que l'on pense qu'il ne renaîtra plus. Je laissais faire ma peine, l'acceptais. La rue était calme, il neigeait. Je ne dormais pas, coupai mon téléphone. Il me semblait entrer dans une torpeur jusque-là inconnue. Je fermais les yeux, mon cœur lent me berçait. Je me sentais en deçà du réel, propulsée vers une douceur qui m'avait quittée depuis longtemps, que je retrouvais à demi, l'associant à un souvenir que je gardais des bains de Lavey avec Adrian, plongeant dans l'eau chaude et bouillonnante des Thermes alors que la neige tombait ; nous ne sentions pas la morsure du froid sur nos peaux, immergés l'un contre l'autre comme deux poids qui ne sombraient pas, mais flottaient, protégés par les montagnes alentour dressées comme des géants blancs que la lune éclairait. Nous avions dîné dans un restaurant désert, avec un billard et un juke-boxe, ce qui nous avait fait penser à une scène du film *Les Accusés* avec Jodie Foster, nous avions bu et beaucoup ri aussi, les corps régénérés par l'eau magique d'une cuve naturelle et magnétique, fous l'un de l'autre, s'emboîtant tout au long de la nuit et comme lavés, blanchis, renforcés par la source.

Je me réveillai moins fatiguée que d'habitude, moins triste aussi, en léger détachement des choses, m'étonnant que le Zoloft agisse déjà. J'avais très soif, sentais l'intérieur de mon crâne, comme si tous les vaisseaux battaient plus fort qu'à l'accoutumée. Un vertige m'obligea à m'asseoir, j'y vis le résultat de semaines sans sommeil et sans appétit. Dans le miroir de la salle de bain, mon corps semblait s'être dissout, je n'arrivais pas à me regarder, m'en voulais, Adrian arrivait bientôt, impossible de regagner cinq kilos en si peu de temps, je nageais dans la jupe que j'avais achetée pour l'occasion, lui préférant alors une robe qui avait rétréci au lavage et qui convenait désormais. Je ne voulais pas qu'il me voie nue, même si j'espérais passer la nuit avec lui, jouir comme nous avions l'habitude de jouir, vite, fort, nous connaissant aussi bien l'un que l'autre, sachant convoquer l'envie, la satisfaire, recommencer et garder la trace de nos étreintes comme une déclaration d'amour qui suppléait à celles que l'on écrivait, prononçait. J'étais toujours amoureuse d'Adrian, sa venue m'excitait, je lui pardonnais presque mes jours de cauchemar et de veille sombre. Je croyais en l'influx sentimental : il suffisait de le vouloir pour qu'il revienne à moi, rejetant l'Autre, fantôme de passage que nous saurions à deux évincer, oublier. Nos huit ans nous avaient donné une forme d'intelligence. Je croyais au pardon.

Je me connectai au blog, y cherchant un signe de défaillance, certaine qu'elle en voulait à Adrian de venir à Paris pour me voir, espérant qu'elle doute de lui, d'elle, que je sois enfin la plus forte de nous deux. Une femme se noyant dans un aquarium y figurait. Je préférais penser qu'elle illustrait ainsi son état plutôt que le mien, moi qui commençais à relever la tête, aidée du docteur Krantz et d'un médicament pour lequel il existait d'après Wikipédia (j'avais cédé, m'informais) un précédent juridique : un chirurgien avait décimé sa famille dans un accès de démence imputé à l'antidépresseur en question. Je ne cessai pas mon traitement, en dépit des symptômes – soif, mal de tête, vertiges, euphorie soudaine, tremblements puis sensation de vide qui ne me reliait pas à ma tristesse, l'éloignant plutôt : rien n'avait vraiment d'importance à présent. Je ne m'inquiétais pas, sachant que le corps a son temps d'adaptation. Il me fallait m'habituer à la molécule dont les effets, non négligeables, restaient inférieurs à ce que j'avais enduré, à ce que je m'étais infligé en refusant de quitter mon chagrin qui, je devais l'avouer, me faisait office de compagnon.

La veille de son arrivée, je profitai de mon agitation pour ranger mon appartement, le nettoyer avec soin, sortant du sac dans lequel je les avais jetées les affaires d'Adrian, lavant et repassant ses vêtements. Je remontai de la cave nos meubles, accrochant les tableaux qu'il m'avait offerts, je ne voulais pas le vexer, désirant aussi qu'il retrouve le lieu, son lieu, tel qu'il l'avait laissé ; je croyais, par naïveté, que les choses matérielles nous protègent du déclin. Je réservai une table aux Chouettes, restaurant non loin de chez moi, de chez nous, où nous avions nos habitudes, commandai sur le site de livraison à domicile Houra ce qu'il aimait, champagne, fromage blanc, œufs, Ginger Beer, cottage cheese, viande des Grisons, lait de coco – je désertais les supermarchés depuis que j'avais perdu l'appétit : la profusion d'aliments me donnait la nausée, en particulier les denrées animales, la chair et le sang, la souffrance qui en découlait m'horrifiant.

Je comptais les heures me séparant d'Adrian. J'avais encore une nuit à tenir, nuit que je passai à chasser mes mauvais songes : il me semblait vouloir me jeter par la fenêtre malgré moi. J'en imputais la faute au Zoloft et à ma peur de retrouver celui qui m'avait blessée. Je songeais à m'attacher les mains avec un foulard pour ne plus bouger, puis parcourais le blog de ma rivale qui, je l'espérais, ne devait pas bien dormir non plus. Aucune image n'avait été postée. Son silence me laissait imaginer qu'ils étaient ensemble. Si cette histoire était un jeu, et je préférais, plutôt que de me lamenter encore, le penser, j'en avais perdu aussi la dernière partie.

II

Adrian avait encore les clés de chez moi, mais sonna à l'interphone, « C'est moi », s'annonçant comme si je ne l'attendais pas ou comme avant, quand il était trop chargé pour ouvrir la porte vitrée qui sépare le hall d'entrée de l'escalier. Je l'entendis monter, et tout s'effondra à l'intérieur de moi. J'espérais qu'il ne remarque ni mon trouble, ni mon impatience à le retrouver, ni ma peine à ne pouvoir l'embrasser comme avant. Je portais le chemisier blanc que j'avais acheté, ayant renoncé à la robe, trop apprêtée, lui ayant préféré un jean et ma paire d'escarpins qui me faisait me sentir puissante, ce que je n'étais pas, mais je ne montrai rien en lui ouvrant la porte, il était beau, ou plutôt toujours aussi beau, en dépit de tout ce qu'il s'était passé ; j'avais cru à tort que l'Autre l'aurait enlaidi, mon absence attristé. Adrian rayonnait comme à son habitude, si blond, ses épaules fortes m'entourèrent comme si de rien n'était, mais il évita tout de même de m'embrasser. Il remplaça ses baisers par une étreinte longue s'achevant en ces mots que j'attendais, c'était prévisible : « Tu as tellement maigri. » Je répondis que je me sentais bien ainsi, légère, que c'était agréable de flotter dans ses vêtements, que j'avais gagné en énergie, mauvaise énergie peut-être, mais qui me procurait une sorte de joie fabriquée, une ivresse, la satisfaction d'être vide de l'intérieur, non polluée par les produits industriels, les déchets que l'on nous force à ingérer, qui nous intoxiquent, finalement on n'a pas besoin de grand-chose, le corps est bien fait, l'adrénaline suffisante pour tenir et travailler ; je parlais trop et trop vite, envahissant l'espace, cachant mon bonheur à croire que tout était redevenu comme avant puis ma tristesse à savoir que non, puisque Adrian détachait mes clés de son trousseau, « J'ai peur d'oublier », n'osant me demander les siennes, l'Autre devait les attendre, ultime objet, symbolique, qu'elle allait me retirer.

Il était venu sans bagage, repartant le lendemain, sachant qu'il avait encore des affaires chez moi. Tout était clair, il n'avait rien à craindre, j'avais bien compris que c'était fini, n'en parlais pas, faisais moi-même comme si de rien n'était, je ne voulais pas le gêner, pas aborder encore le sujet, nous étions ensemble, je devais en profiter une dernière fois et lui laisser la plus belle image qui soit, celle qu'il garderait avec lui et rapporterait à ma remplaçante, j'imaginais déjà ses confidences à mon sujet – « Elle a tant maigri, si tu savais, ça me fait de la peine, je culpabilise, je déteste lui faire du mal, je m'inquiète un peu, elle est si extrémiste parfois, elle ne fait jamais les choses à moitié, j'espère qu'elle va rencontrer quelqu'un, cela me soulagerait, mais elle n'a pas l'air partie pour, il y a des gens qui s'habituent à la souffrance, je sais qu'elle n'est pas comme ça, mais parfois on croit connaître ceux que l'on a aimés et on se trompe complètement parce que l'amour n'est pas une science, on n'apprend tout de l'autre qu'une fois qu'on l'a perdu, peut-être » –, je me faisais du mal, c'était ce que je faisais le mieux d'ailleurs, puis, le voyant gêné, je lui proposai un verre, qu'il accepta ; je savais qu'Adrian détestait se sentir en faute, devoir rendre des comptes, s'expliquer, l'alcool avait chez lui une vertu apaisante, je ne l'avais jamais vu en colère ou violent sous son emprise. Il ouvrit la bouteille de champagne, nous servit, comme avant, installés au bar de la cuisine américaine, prêts à refaire le monde alors que ce n'était plus notre monde, mais un autre territoire dont les chemins ne se croisaient plus. Il fallait parler, de tout, de rien, pas de nous, c'était important, je voulais m'y tenir, y parvenais, fixée sur mon objectif, non de le reconquérir, cette envie était désormais caduque, mais de briser le triangle et de m'en effacer, ignorant qui de nous trois en occupait le sommet.

J'avais pris mon Zoloft, il se diffusait sous ma peau comme une armure invisible, je me sentais forte malgré un léger vertige qu'Adrian ne remarqua pas ou feignit de ne pas remarquer. Il détournait souvent son regard du mien, soit parce que je lui faisais pitié, soit parce qu'il était troublé, j'optai pour la seconde solution quand il avoua me trouver belle et séduisante (mentait-il ?), compliment auquel je ne répondis pas de peur d'aborder le sujet qui nous ferait exploser l'un et l'autre – cette femme dans sa vie. Je ne pensais plus à elle : le fait d'être à proximité d'Adrian, de son corps, de regarder chacun de ses gestes, d'arriver à le faire rire aux éclats, de le voir se frotter la joue, la bouche, comme s'il avait envie de m'embrasser, n'osant pas, ou se l'interdisant, nos deux chaleurs réunies, tout cela semblait l'avoir éjectée loin de nous, sur un autre continent qui abritait les femmes de son genre : les tentatrices.

Mon téléphone sonna, je l'ignorai, me disant qu'Adrian avait coupé le sien de peur que l'Autre appelle ou lui envoie des SMS, ce n'était pas le moment, il le savait, je n'aurais pas supporté. Plus je le regardais, plus je regrettais d'avoir un jour refusé sa proposition en mariage, pensant à une plaisanterie (désormais je n'en suis plus certaine), nous n'avions pas besoin de cela pour nous assurer de notre amour et de notre fidélité ; je me trompais. J'avais toujours pensé que la liberté était la plus grande preuve d'amour, et que rien, pas même le mariage, ne pouvait retenir celui qui avait envie de partir. L'idée qu'il l'épouse elle me pétrifiait, je la chassai aussitôt en lui rappelant qu'il avait des affaires, que j'avais repassé ses chemises s'il voulait se changer, prendre une douche avant d'aller au restaurant, mais il refusa, par crainte peut-être d'une intimité soudain retrouvée qui lui aurait mis *la tête à l'envers*.

Après deux mois de séparation, je le reconnaissais sans le reconnaître, son odeur, sa façon de se tenir, ses vêtements, ses chaussures, sa montre, sa voix, rien n'avait changé et pourtant ce n'était plus mon Adrian, je le savais et ne l'acceptais pas. Le triangle serait difficile à quitter. L'Autre était là, entre nous, même si nous évitions de l'évoquer, profitant de cette césure dans le temps qui nous rapprochait. Il aurait été difficile pour quelqu'un d'extérieur à la scène que nous occupions, Adrian et moi, d'être certain de notre séparation : l'amour court encore alors qu'il s'éteint. Il restait bien plus que des bribes d'une histoire. Un bloc de notre vie surgissait.

Je refusais que tout s'arrête, désirant toujours l'homme que je n'avais cessé d'aimer. J'espérais qu'il en soit ainsi pour lui, en doutais et avais raison d'en douter ; il avait rencontré quelqu'un. J'étais sans fierté, attendant un mot, un geste pour replonger. Et il aurait été facile de replonger. Tout était comme avant et peut-être mieux qu'avant. Nous étions condamnés à nous séparer et le savions : j'éprouvais une certaine joie devant l'évidence de cette tragédie. Je nous trouvais au-dessus de tout. Nous étions, par le passé, de grands amoureux. Il y avait un sacrifice radieux à nous retrouver dans mon appartement au terme d'un hiver parisien qui avait si mal commencé ; je reliais notre malheur à celui, supérieur au nôtre, des récents attentats, n'arrivant pas à défaire mon destin amoureux du destin de mon pays, j'y voyais une lugubre résonance qui annonçait de nouveaux tourments, entendant alors les cymbales de la mort, comme enfant devant le film *La Charrette fantôme* avec Louis Jouvet, qui m'avait tant effrayée ; à mon tour je tirais ma charrette, je n'allais pas mourir, mais je me consumais d'amour pour quelqu'un qui ne m'aimait plus.

Il me fallait prendre sur moi, je ne devais pas gâcher nos moments, les derniers, sachant que j'allais quitter, c'était ma basse vengeance, Adrian. Je refusais de lui donner mon amitié, trésor qu'il était venu chercher comme un mendiant qui ne tendait pas la main, mais qui me souriait ; s'il m'avait embrassée, j'aurais changé d'avis, mais cela n'arrivait pas, il était fidèle, déjà bien plus engagé qu'il ne voulait le montrer ; il m'aurait été facile de m'avancer, de lui prendre le visage, de caresser ses cheveux, sa nuque, son torse, son ventre, son sexe, de le faire durcir, de l'embrasser, d'ouvrir mes jambes, mes cuisses pour qu'il avance à son tour, se colle à moi et que je sois à sa merci, une dernière fois. Nous n'en fîmes rien. Adrian n'était pas facile, mais fragile, et je l'avais choisi, si l'amour est un choix, ce que je n'ai pas toujours cru, aussi pour cela. Nous étions du même feu, de la même pierre. Il m'était difficile de me faire une raison. J'avais la certitude qu'il nous restait des choses à vivre et à partager, l'Autre ayant traversé notre route par inadvertance. Elle avait dû insister ; je l'espérais.

Il pleuvait, Adrian me tenait par la taille, me cachant sous son manteau pour accomplir les quelques mètres qui nous séparaient du restaurant. J'aimais sentir son corps contre le mien, nous étions, comme avant, en goguette, comme à Venise, à Florence, à Milan, quand nous déambulions à la recherche du meilleur endroit de la ville pour y passer des heures à parler, de lui, de moi, de nos jeunesses et de nos enfances, de l'amour qui nous portait, de l'avenir qui nous tendait les bras ; nous avions encore des projets, Portofino, Bali, Hong Kong, le monde était si vaste, nos envies si diverses.

J'avais souvent pensé qu'Adrian serait le dernier, c'était une pensée triste et joyeuse, triste car il pouvait paraître sombre et mélancolique qu'une femme de mon âge renonce au reste des hommes, joyeuse car j'avais trouvé celui qui faisait battre mon cœur, sûre que nul autre n'y parviendrait de cette manière ; Adrian, lui, me confiait souvent, à mon sujet, qu'il avait enfin trouvé la *bonne*, ce qui ne manquait pas de nous faire sourire (« bonne à tout faire »), sa vie de collectionneur s'arrêtait avec moi, il fallait être conscient de son bonheur, nous cumulions de nombreux atouts à nous deux et aucune autre ne l'aurait comblé comme je le comblais, disait-il, même si nous savions que la perfection n'existe pas, nous nous en approchions, en tous les cas nous en avions conscience, ce qui est une qualité pour qu'une histoire perdure, méritant qu'on la protège. Je n'avais pas vu les nuages arriver, notre ciel s'assombrir, sûre que l'horizon serait toujours dégagé, et si un jour il ne l'était plus, j'étais certaine que nous aurions assez de force et surtout assez d'ingénuité pour en chasser les orages. L'amour est ce qu'il y a de plus incertain : sublime dans son envol, hideux quand il se brise sans prévenir. Adrian m'avait comblée bien plus que je ne l'avais comblé en dépit de ce qu'il avait pu affirmer et promettre ; je restais, il partait, convaincu pourtant à l'époque, quand il me faisait part de ses peurs, que je serais la première à quitter le *navire.*

Nous buvions encore du champagne, je n'avais pas faim, l'alcool et le Zoloft achevant de me couper l'appétit. Adrian s'en inquiétait, il me trouvait trop maigre, « Et encore, je ne t'ai pas vue nue », était-ce une proposition ? Je ne relevai pas. Mon nouveau corps révélait mon âme ; j'aimais cette sensation, ma silhouette plus sèche m'évoquant une sorte de vérité, de sincérité. Il y avait quelque chose de direct dans la maigreur, une façon de dire : « Tu vois, je ne fais pas semblant, je suis vraiment mal et je te le montre, ce n'est pas pour t'effrayer, te menacer, mais au moins tu vois que ce n'est pas fabriqué, je suis ainsi, creusée de chagrin, pétrie d'effroi, j'ai peur de ne plus être aimée, de ne plus savoir aimer et de ne pas reconnaître l'amour quand il se représentera un jour, s'il se représente. » Je ne formulais rien de tout cela, le regardais traverser la salle pour saluer le patron que nous connaissions, ce dernier m'interrogeant du regard : « Alors il est revenu ? C'est reparti ? » Non, Adrian n'était pas revenu et rien ne repartait, pire, tout stagnait, ni lui ni moi n'osant ouvrir la brèche et nous y engouffrer, nous passions un moment d'une douceur inattendue, il était inutile de le gâcher ou du moins pas encore. Nous attendions l'occasion. Il existe de beaux mensonges.

Tandis qu'il se dirigeait à nouveau vers moi, il me sembla ne jamais nous être quittés. Adrian passa la commande, il me suffisait d'allonger mes jambes sous la table pour les enrouler autour des siennes, ce que je ne faisais pas, m'excusant quand je l'effleurais ; il prenait ma main, caressait ma joue, souriait, nous parlions de son travail, du mien, de mes prochaines séances, d'une série de documentaires scientifiques à venir, j'en assurais la *voice over*, d'un jeu vidéo où je tenais le rôle d'une tueuse à gage, d'un nouvel artiste qu'il avait découvert, s'ajoutant aux précédents : Peyton, Bucher, Weatherford, Coplans, Bourgeois, Warhol, Gordon, Eliasson, Lowe, Olowska, Sherman – à force je connaissais une partie de son catalogue. J'imaginais l'Autre siégeant au centre de la galerie, la maudissais ; elle revenait enfin, après avoir disparu comme un fantôme, elle ne me manquait pas, mais le moment d'en parler arrivait, je me sentais assez forte, en dépit des effets du Zoloft, la soif surtout et cette impression de déborder du cadre, de ne plus tout à fait appartenir au réel, à ses courbes, ses couleurs, de regarder les choses en biais comme si j'avais la tête penchée, ce qui n'était pas le cas. Je me suis lancée.

— C’est sérieux ?
— De quoi tu parles ?
— D’elle.
— Elle ?
— Oui, elle et toi, c’est sérieux ?
— Tu es sûre que c’est le moment ?
— Adrian, si on n’en parle pas maintenant, on n’en parlera jamais.
— Tu es sûre ?
— Et toi, tu es sûr de vouloir fuir encore longtemps ?
— Je ne fuis pas, tu le sais très bien.
— Alors on en parle.
— Je pensais que l’on pouvait attendre encore un peu.
— Et moi je pense qu’il est temps.
— Comme tu veux.
— Ce n’est pas comme je veux. C’est juste qu’il le faut.
— Je comprends.

— Mais tu comprends quoi, Adrian ? Je ne t'oblige à rien. Je veux juste savoir.

— Je t'ai déjà tout dit.

— Dit quoi ?

— C'est arrivé comme ça, je ne m'y attendais pas.

— C'est drôle parce que je ne m'y attendais pas non plus.

— Ne sois pas cynique.

— Je ne suis pas cynique.

— Je te connais. Arrête.

— Et la salope, elle en pense quoi, elle ?

— Ne parle pas ainsi.

— Je parle comme j'ai envie de parler.

— Tu vois que c'était une mauvaise idée.

— J'ai le droit de l'appeler la salope. J'ai tous les droits.

— Je ne veux pas que tu parles mal d'elle.

— Tu la défends tout le temps.

— Je te défends aussi, si ça peut te rassurer.

— À quel moment tu m'as défendue, Adrian ? Pardon, mais j'ai l'impression que l'on n'a pas du tout vécu la même histoire tous les deux. Tu n'as jamais pris ma défense, jamais.

— Détrompe-toi, tu n'en sais rien.

— Quand alors ?

— Quand elle va trop loin.

— Tu parles de son blog ? Enfin, de son défouloir ?

— Oui.

— Donc tu as vu, toi aussi, je ne suis pas folle.

— Oui, j'ai vu, mais je pense que tu interprètes aussi beaucoup.

— Non, je n'interprète rien. C'est sa façon de me montrer qu'elle est là. Que la guerre est déclarée.

— Mais de quoi tu parles ?

— Je sais qu'elle veut la guerre.

— Tu es parano.

— Pas du tout, je sais. Je sais qu'elle veut me détruire.

— Pour l'instant tu es la seule à te détruire.

— Je te trouve limite, Adrian.

— Excuse-moi.

— Estime-toi heureux que je te voie encore.

— Ne sois pas agressive.

— Ce n'est pas évident pour moi, tu comprends ça ?

— Oui.

— Non, tu ne comprends pas.

— J'essaye, mais quoi que je dise, je serai en faute.

— Tu n'aurais pas dû me tromper.

— Je ne t'ai pas trompée.

— Ah oui ? Et la photo prise de ta chambre en novembre ?

— Cela ne veut rien dire.

— J'aurais préféré que tu ne me mentes pas, tu sais.

— Je ne t'ai pas menti.

— Et elle dit quoi, l'Autre, quand tu me défends ?

— Elle dit que c'est injuste. Que son blog est sa liberté, sa liberté d'expression, que ce sont des photos d'art, c'est tout, sans aucun rapport avec toi, avec nous.

— Et toi, tu la crois ?

— Non je ne la crois pas, mais je ne veux pas d'histoire.

— Toujours neutre, mon petit Suisse.

— Tu es puérile.

— Non, je souffre.

— Je m'en veux tellement.

— C'est trop tard maintenant.

— Trop tard ?

— Pour s'en vouloir. C'est fait. Je m'en sortirai.

— Je serai toujours là pour toi.

— Je hais cette phrase.

— Pourquoi ?

— Parce que ça veut dire : « Je serai toujours là pour toi, ma pauvre fille, tu me fais de la peine, je n'ai qu'une envie c'est de partir, mais je reste encore un peu parce qu'on n'abandonne pas les gens tristes, cela ne se fait pas, ce n'est pas dans mon éducation, on m'a appris à prendre soin de celui qui était plus fragile que moi, parce que je suis un bon garçon dans le fond, un mélange d'égoïsme et de générosité bien dosé, je peux faire du mal, mais j'ai les moyens de me rattraper, et je me rattrape en vol, parce que le pire pour moi est d'être jugé. » Voilà ce que cela signifie.

— Tu ne veux pas entendre, juste quelques secondes, que moi aussi je souffre, que j'ai des regrets, que je sais que j'ai tout abîmé et que parfois j'aimerais bien appuyer sur un bouton pour tout effacer.

— Tu reviendrais avec moi, Adrian ?

— Non, enfin, en tous les cas pas tout de suite, pas maintenant.

— Tu vois. Alors arrête.

— J'arrête.

— Tu me manques.

— Tu me manques tout le temps.

— C'est « nous deux » qui me manque, tu comprends ?

— Oui, je comprends. Moi aussi je ressens ça.

— On avait un équilibre.

— C'était simple, fluide, une évidence.

— Mais tu as fait ton choix, tu n'arrêtes pas de le dire.

— J'ai fait mon choix.

— Tu es si cruel avec moi.

— Non, je te dis la vérité, je n'ai pas envie de te faire croire à des choses que pour l'instant je ne pourrais pas te donner.

— Tu n'as aucune psychologie. Tu ne me protèges jamais.

— Pour toi, j'ai tous les torts.

— Oui, tu peux au moins me laisser ça.

— Tu as raison.

— De toutes les manières, on ne pouvait plus continuer ainsi. Les trains, les avions, la distance, c'était trop.

— Je suis d'accord, mais ça marchait bien, nous deux, quand même.

— Cela marchait tellement bien que tu as tout brisé, Adrian.

— Je te rappelle qu'une histoire, ça se vit et ça se termine à deux.

— Là on est trois, Adrian. Trois. Il y a quelqu'un en trop.

— Ce n'est pas entièrement de sa faute.

— Tu plaisantes ?

— C'est de la mienne aussi. Vraiment. J'aurais dû lutter, m'enfuir, je ne sais pas.

— Et moi, j'aurais dû voir et je n'ai rien vu.

— Je t'ai toujours désirée, tu sais.

— C'est pire.

— Pourquoi pire ?

— Parce que cela veut dire que ce n'est pas que sexuel entre vous.

— Je n'ai pas envie de m'engager sur ce terrain.

— Tu as raison, Adrian. Il vaut mieux ne pas s'engager sur ce terrain : les marécages. De toute façon, ni toi ni moi ne savons de quoi est fait l'amour, de quoi il est constitué, personne ne le sait d'ailleurs, c'est pour cette raison qu'en général il ne dure pas ; l'amour n'existe pas, c'est juste un reflet dans une flaque d'eau, un petit miracle que l'on croit entrapercevoir entre les ombres et qui disparaît dès que l'on s'en approche de trop près ; c'est ça l'amour, c'est tout et rien à la fois, il suffit juste de le savoir pour s'en protéger, pour ne pas avoir trop mal quand on tombe du manège enchanté. Alors tu vois, même si je t'en veux, tu n'es pas coupable, personne ne l'est, ou alors on l'est tous ; tous coupables de croire en ce qui n'existe pas, parce qu'il est là le problème, et elle est là la cause de tous les échecs : en soi, l'amour n'est que du vent ; je crois qu'en revanche la solitude existe, elle, vraiment, et quand je dis « solitude » je n'évoque pas seulement les gens seuls mais les autres, surtout les autres d'ailleurs, car c'est la pire des solitudes celle que l'on ressent alors que l'on est accompagné ; on sera toujours seuls, quoi qu'il arrive, c'est ainsi, c'est le destin de tous les humains, au départ comme à l'arrivée, c'est pour cette raison que l'on a inventé l'amour, tantôt comme une distraction, tantôt comme un graal à conquérir. Ce n'est que cela l'amour, une petite chose pour faire oublier la grande ; alors non, tu n'es pas coupable, Adrian.

— Moi, je pense que l'amour existe. Et on s'est vraiment aimés tous les deux. C'est la tristesse qui te fait parler de la sorte. Et je suis certain que tu ne penses pas un seul mot de ce que tu dis. Certain. Tu es une amoureuse, une grande amoureuse même. Je pense aussi que tu es fatiguée, non ? Je te trouve pâle. On va rentrer.

— Si tu veux. Rentrons. C'est vrai, je suis fatiguée. De tout. C'est ça : je suis fatiguée de tout.

Je me sentais partir, mais n'en informais pas Adrian, tout comme je ne disais rien au sujet du docteur Krantz, du Zoloft, du triangle qui me semblait apparaître dans le ciel quand je le regardais. Adrian voulait faire un tour dans le quartier, je le quittai, souhaitant me reposer au plus vite. Arrivée chez moi, je constatai qu'il était en ligne sur WhatsApp : il devait être avec l'Autre.

Je m'allongeai sur mon lit, ma tête explosant de l'intérieur, je n'arrivais pas à croire qu'Adrian était à Paris, je n'arrivais pas non plus à croire que je n'allais plus le revoir, du moins pour un long moment, c'était pour mon bien, il le fallait, je le savais sans l'accepter vraiment, je me sentais soudain vieillir, une page se tournait, c'était la vie, c'était comme ça, mais je détestais cette sensation d'un temps révolu. Rien ne reviendrait plus malgré tous nos efforts. C'était fini.

Quand il fut de retour, je lui donnai ses affaires, il refusa de les prendre, n'avait pas de sac, n'en voulait pas, préférant voyager léger, on verrait bien, plus tard, une autre fois, en revanche il voulait reprendre ses clés, si cela ne me dérangeait pas, il n'avait qu'un double, me les rendrait si je projetais un jour de venir à Zurich : il s'enfonçait.

J'étais épuisée, Adrian me conseilla de dormir, je n'avais pas l'air bien, je ne l'étais pas, son parfum, son odeur avaient envahi tout l'espace de mon appartement. Il me surprit me déshabillant dans ma chambre, je gardai mes sous-vêtements : je n'aimais pas son regard sur moi. Lorsque je lui demandai si je le dégoûtais, il répondit que j'étais injuste avec lui, blessante, que je ne le dégoûtais pas du tout, comment pouvais-je penser une chose pareille, mais que j'avais trop maigri, je n'avais plus de formes, je devais faire attention, ce n'était pas joli, les hommes n'aimaient pas les femmes trop maigres – les hommes ne comptaient plus pour moi, ni d'ailleurs le désir ou la séduction, je n'en étais plus là et je me sentais libre. Il trouvait que je broyais du noir depuis trop longtemps, que je devrais peut-être aller voir quelqu'un – « C'est fait, ne t'inquiète pas pour ça » ; il s'étonna de ne pas avoir été mis au courant, c'était une décision importante, j'aurais dû lui en parler, il voulait encore partager des choses avec moi, mais je n'avais plus rien à lui donner. J'avais perdu tant de poids que je lui faisais penser à un lady boy, ces prostitués thaïlandais dont on n'arrivait jamais à déterminer le genre quand nous en croisions dans les rues de Patong, tant ils étaient mêlés de féminin et de masculin. J'acquiesçai.

Je m'allongeai sur mon lit, il resta debout, au seuil de ma chambre, souriant, je fermai les yeux. Nous étions en milieu d'après-midi, je me sentais sans force, mais en sécurité, je pouvais enfin dormir en paix avec Adrian à mes côtés. Je détestais la solitude, non par peur, mais parce qu'elle marquait le temps comme un tampon : chaque jour passé seule était un jour de perdu, le soir surtout, quand je rentrais chez moi sans pouvoir l'appeler à ma guise ; c'était cela qui m'était le plus douloureux, je n'étais plus prioritaire, je devais faire attention, éviter de l'envahir, respecter sa nouvelle vie, en l'occurrence celle qu'il tissait avec l'Autre ; il fallait que cela s'arrête, je le savais, mais je profitais des dernières heures en sa compagnie, cela me rappelait mon enfance lorsque je tombais malade – des bronchites, bien souvent – et que je restais au lit quand les autres étaient à l'école, entendant au loin ma mère qui s'affairait au salon, à la cuisine, c'était alors un grand bonheur hormis la toux, la fièvre, je me sentais en sécurité, veillée, rien ne pouvait survenir.

Adrian marchait dans l'appartement, j'entendais ses pas sur le parquet, c'était réconfortant, Paris redevenait enfin paisible, une coque se refermait sur nous deux et je ne voulais plus en sortir. Nous étions bien, en tous les cas moi je l'étais comme je ne l'avais pas été depuis longtemps, ce qui me rassurait ; si Adrian voulait un jour revenir, j'aurais peut-être la force, l'envie de lui pardonner, de tout oublier, rien n'était mort, les sentiments ressemblent aux longs filaments des méduses qui brûlent même séparés de l'animal. Je m'assoupis, sans rêver, assaillie plutôt d'images, lac, glaciers, grottes, voûtes, montagnes qui embrassent le ciel, voie lactée, pluie de flocons semblable à celle que renfermait la boule posée sur la table de chevet. Glissée sous les draps, en chien de fusil, j'attendais qu'Adrian me rejoigne, j'avais envie de lui, non comme avant, mais pour saluer notre histoire qui s'achevait au terme de l'hiver. Je voulais qu'il garde un dernier souvenir de ma peau, moi de la sienne, que le désir nous réunisse une ultime fois, ce n'était pas si triste, j'éprouvais une certaine joie à l'imaginer en moi, on pouvait faire l'amour sans amour et sans désespoir non plus ; Adrian ne venait pas.

Je somnolai plus longtemps que je ne le pensais sous l'effet de l'alcool et du Zoloft, sortant de ma torpeur dans une nuit profonde et silencieuse qui me surprit. Il était trois heures du matin. Adrian allongé près de moi me tournait le dos, je ne l'avais pas entendu entrer dans la chambre, se déshabiller, se coucher à l'endroit où il avait l'habitude de se coucher, du côté gauche, se tenant au bord du lit pour ne pas me réveiller, ou, je le craignais, pour ne pas me toucher, respectant une ligne, la ligne des draps, comme une frontière qu'il n'avait plus le droit de franchir ou qu'il ne désirait plus franchir ; je n'étais plus à lui, il n'était plus à moi. Je m'approchai assez pour entendre son souffle et son cœur, je caressai ses cheveux, ses épaules, me serrai contre lui, prenant garde à ne pas le réveiller, épousant le corps de celui que j'avais toujours considéré comme *mon* homme, même si cette expression me paraissait absurde chez les autres femmes, en ce que j'y voyais une soumission à la force virile qui leur manquait à elles, ces épouses parfaites et consentantes, objets du désir que l'on jetterait un jour car nulle beauté n'est éternelle.

Je murmurai à Adrian, espérant qu'il ne les entende pas, mes derniers mots d'amour, non ceux qui sauvent, mais ceux, je l'espérais, qui resteraient après nous : « Quand j'ai dit que l'amour n'existait pas, j'évoquais l'amour que je croyais vivre avant de t'avoir rencontré, celui qui coupe la faim, la soif, celui qui empêche de dormir et d'avoir mal quand on se cogne ou se brûle, celui qui éloigne l'idée de la mort, le doute et la peur, celui qui est aussi puissant qu'un anesthésiant. Cet amour est une obsession, voire une maladie, que l'on nourrit pendant trois mois – c'est le délai – et que l'on quitte parce que la vie est plus forte que l'hypnose et qu'elle reprend le dessus, balayant ce que l'on croyait unique, précieux et intouchable. Cet amour est chair et plaisir, attente et satisfaction, il passe dès lors qu'il ne nous gouverne plus, s'éteignant comme ceux qui l'ont précédé et ceux qui lui succéderont. Il n'élève pas l'âme, la réduit, il n'éduque pas le corps, le rabaisse à ses vains besoins. Cet amour est une illusion qui rejoindra toutes les illusions perdues.

« L'amour véritable est rare et discret. Quand il survient il est aisé à reconnaître. Il rend grand alors que l'on se croyait petit. Il rend brave alors que l'on se croyait lâche. Il ne demande rien et n'attend rien en retour. Il se déploie en silence, avec lenteur. Il a tout son temps, car le temps est son allié. Cet amour est une science. Elle est ardue, compliquée, mais elle n'est pas impossible.

« Quand je t'ai rencontré, j'ai su que ce n'était pas comme d'habitude. J'avais toute ma raison. Je veux dire par là que je savais ce que je faisais. Que pour la première fois je choisissais, et ne subissais plus, et quand je dis *subir*, ce n'est pas des autres dont il est question, mais de moi et de moi seule, m'ayant fait subir bien plus de désagréments qu'aucun homme n'aurait pu m'en faire subir, tant ma cruauté envers moi-même fut parfois sans limite. Quand je t'ai rencontré, c'était simple et compliqué. Simple, parce que nous étions en accord, sur la même ligne, compliqué car je savais que nous n'étions pas de passage l'un pour l'autre, mais engagés sans nous le dire, portés par ce qui nous dépassait, nous protégeait. Nos failles furent nos atouts. Nos secrets furent nos aveux. Nos ombres furent nos lumières. Nos défauts furent nos qualités, à force de les reconnaître puis de les corriger. L'amour véritable est celui que l'on porte à l'autre en se dérobant à soi. Je n'ai pas voulu t'offrir une place, Adrian. J'ai voulu t'offrir la meilleure des places, et j'espère avoir été assez humble pour me recroqueviller à temps quand nous n'arrivions plus à nous tenir l'un à côté de l'autre sans nous faire tomber. »

Je posai ma main sur son ventre alors qu'il dormait encore. Je descendis plus bas, non par envie, mon désir s'était enfui, dissipé dans la nuit, et mes mots restés sans réponse, mais parce que je voulais sentir une dernière fois la vie battre et se défendre, m'arrêtant quand je croyais entendre :

— Non.

Comme à son arrivée, Adrian ne m'embrassa pas avant de quitter l'appartement pour prendre son train ; il me tenait contre son ventre, son torse, enfouissant son visage dans mon cou, ses mains posées sur mes hanches comme si nous suivions une danse sans musique dont lui seul possédait le rythme, j'avais envie de pleurer, retenais à peine mes larmes qu'il essuyait d'un revers de main, me faisant promettre de prendre soin de moi (je ne savais pas ce que cela signifiait, mais je promis). Je le guettai depuis la fenêtre du salon qui donnait sur la rue. Ouvrant la portière de son taxi, il regarda, comme à son habitude, dans ma direction : je me demandais qui de nous deux était le plus petit, lui en bas sous la pluie, ou moi accrochée à la rambarde qui me séparait du vide.

Je ne regardai pas sa voiture partir, fermai la fenêtre après lui avoir fait signe de la main, de peur de tomber par mégarde, le Zoloft ou la tristesse me donnant de mauvaises idées. Je rangeai à nouveau dans un sac ses affaires qu'il n'avait pas prises, changeai les draps, jetai la brosse à dents dont il s'était servi, aérant chaque partie de mon appartement pour que son odeur disparaisse à tout jamais. Je ne devais plus le revoir, me l'ordonnais en dépit du bonheur, certes fugitif, de notre entrevue. Avec lui, je me sentais à nouveau une femme, au bord du désir : j'existais. Je me rendis sur le blog de ma rivale, le crâne d'un chien serti de fleurs mauves annonçait en lettres noires : VANITY.

Je reçus au cours de la journée de nombreux SMS, Adrian me remerciant de ma gentillesse (je ne me trouvais pas gentille), répétant à nouveau qu'il fallait que je me nourrisse, que cela lui faisait de la peine de me voir ainsi, que je restais son grand amour, qu'il tenait à moi, ne voulait pas me perdre en dépit de ce qu'il nommait *la situation* ; je répondis à un SMS sur deux, amorçant mon entreprise d'éloignement. Cela m'attristait, mais c'était la seule façon d'avancer, l'aimant encore. En fin d'après-midi, tout juste arrivé à Zurich, il me transmit via WhatsApp une chanson de Fauve qui, écrivait-il, lui faisait penser à nous, à notre histoire, à ce que nous avions vécu et surtout à ce que nous allions peut-être à nouveau vivre un jour, car après tout personne ne savait ce que réservait l'avenir ; il disait avoir pleuré souvent sur cette chanson depuis notre séparation et qu'il avait attendu pour me l'envoyer, par crainte que je la trouve déplacée puisque c'était une chanson d'amour :

> « *Je t'emmène voir le granit rose de ces îles qu'on ne peut pas déplacer, mais c'est pour nous protéger*
> *Je t'emmène tout rejouer, peut-être tout perdre, mais peut-être aussi tout rafler, tout braquer, tout gagner*
> *Après la nuit*
> *Avant le jour*
> *Et à travers les roselières*
> *Après la nuit*
> *Avant le jour*
> *Je t'offrirai les hautes lumières** ».

Quand Adrian m'appela pour savoir si je connaissais, si j'aimais, je ne répondis pas. Je ne voulais plus l'entendre, quittant alors mon appartement avec précipitation, incapable de rester seule plus longtemps. Je me rendis au Jules et Jim, un bar d'hôtel où nous avions voulu aller le jour de la marche contre les attentats, mais il était alors trop tôt pour prendre un verre. J'occupais l'un

---

* © Fauve, « Les Hautes Lumières », extrait de *Vieux Frères – Partie 2*, Fauv Corp, 2015.

des derniers lieux où nous étions passés ensemble, effaçant son absence par la compagnie des Valéry's qui ne tardèrent pas à me rejoindre. Quand je leur confiai mon envie de me retirer de la vie d'Adrian, n'y trouvant plus aucun plaisir sinon celui, si c'en était un, de me faire rabaisser, même si Adrian n'avait jamais l'intention par ses propos de me rabaisser, mais je les entendais, les comprenais ainsi, elles m'encouragèrent dans ma décision. Il fallait faire comme s'il était mort – celui qui s'en va n'existe plus, adage de leur amie Juliette Gréco que je prenais très au sérieux –, seule façon de m'en sortir, de penser enfin à moi et à moi seule, de cesser d'attendre cette chose qui ne viendrait jamais, et même si elle venait un jour, en voudrais-je encore ?

Nous buvions au nom de l'amour abandonné : j'allais quitter Adrian et ce n'était plus lui qui me quittait. Je me sentis forte, tenant les rênes d'un avenir qui me semblait incertain, mais dont je commençais à entrevoir les formes au travers de l'épais brouillard qui m'encerclait. Tard dans la soirée, je croisai un vieil « ami » que je n'avais pas revu depuis longtemps, qui, sans m'atteindre ou si peu, pas assez pour que je m'effondre, j'avais la peau dure et le corps vaillant, me lança : « Tu as tellement maigri que si je te croisais dans la rue je n'aurais vraiment pas envie de te baiser » ; je rentrai chez moi, n'ayant pas envie, non plus, de (le) *baiser*.

Je nommai, au petit matin, mon opération « Hiroshima », aussi bien d'après la bombe que d'après le livre de Marguerite Duras *Hiroshima mon amour* et son adaptation cinématographique par Alain Resnais, dont j'avais toujours gardé la voix d'Emmanuelle Riva à l'esprit, ainsi que l'or sur les peaux qui scintillaient à l'image malgré le noir et blanc : « La nuit, ça ne s'arrête jamais, à Hiroshima ? »

Je téléphonai à Adrian sachant que je le réveillerais, il était tôt, mais je devais passer à l'acte au plus vite avant de changer d'avis, de me rétracter. Il dormait, seul ou non, peu importait, je torpillerais l'Autre par la même occasion, une véritable attaque atomique, un désastre, un carnage, j'assumais. Il décrocha avec une pointe d'effroi dans la voix, il était si tôt qu'il craignait une mauvaise nouvelle, je le rassurai (à moitié) puis assénai : « Je te téléphone car je ne veux plus recevoir d'appel, de SMS, de mail, de musique, je ne veux plus rien te concernant ou nous concernant, Adrian, plus rien, et je te demande s'il te plaît de respecter ma décision, je ne le fais pas contre toi, ou pour te faire du mal, je le fais sans aucun lien avec elle aussi, tu peux le lui dire, elle n'a pas assez d'importance pour cela ; je le fais pour moi, c'est idiot, mais depuis toutes ces semaines, je n'ai rien fait pour me protéger, et tu vois, ce week-end, je crois que j'avais encore de l'espoir, un petit espoir, certes, un mince filet comme on pourrait le dire d'un filet de lumière qui passe par une fissure dans un mur, mais ça existait, ça me faisait vibrer ; et je te rassure, ce n'était pas l'espoir de me remettre avec toi, non, car je sais que nous sommes allés trop loin pour cela, et sans doute que je ne le voudrais plus, je ne saurais plus quoi faire de nous, de tout cet amour qui s'est écroulé, effondré, quel morceau ramasser ? quel autre garder ? Franchement je ne saurais pas et toi non plus tu ne saurais pas, nous aurions beau avoir toute la volonté du monde, quand c'est brisé c'est brisé, on ne recolle pas de la porcelaine je crois, et si on y arrive, cela se voit toujours, comme pour le cristal, quand c'est éclaté, c'est éclaté ; non, cet espoir que j'avais, dont je te parle, c'était celui de la vérité, que tout soit enfin clair ; tu ne veux pas vraiment me dire ce que tu vis, traverses, penses, tu veux me protéger, je sais, mais tu veux te protéger aussi ; j'ai compris, je sais que cette femme est importante pour toi, je sais qu'elle n'est pas plus importante que nous, que moi, mais elle l'est tout de même, tu as trouvé ton confort, ton plaisir, tu vois loin avec elle, même si j'ai bien saisi que ce n'était pas toujours comme tu aimerais que cela soit, car on ne s'extrait pas d'une longue histoire ainsi et c'est tout à ton honneur ; mais je ne veux ni pitié ni compassion, je ne suis pas malade, je ne suis pas seule et, pardon d'être vulgaire, mais je ne me contenterai pas des restes de l'Autre ; tu me donnes quand tu as envie de me donner, et ça, ce n'est plus possible pour moi, je mérite mieux, nous méritons mieux, je te rends ta liberté, ta grande et large liberté, et je reprends la mienne ; si tu appelles, je ne prendrai pas, si tu écris, je ne répondrai pas, si tu viens à Paris, ne cherche pas à me voir, je sais que c'est toi qui m'as quittée, mais ce matin je te quitte, je vous quitte, et tu verras, un jour tu me remercieras car je pense que tu as besoin de réfléchir, d'être sans moi, mentalement, sans lien, sans rapport, nous ne sommes pas prêts pour une amitié, d'ailleurs je ne crois pas en l'amitié dans notre cas : quand on s'est désiré il reste toujours quelque chose de ce désir et ça fausse le jeu parce que les cartes sont truquées. Je me suis aperçue aussi que je t'en voulais, je n'arrive pas à accepter, c'est peut-être par orgueil, mais la vérité pour moi c'est primordial, et on avait promis de ne jamais se mentir ; je ne sais pas si tu t'en souviens, mais en plaisantant, quinze jours avant ton aveu, je t'avais demandé, un soir, alors que je me sentais triste, mais quand même sur un ton léger, je t'avais demandé si tu me garderais, si tu avais quelqu'un ; tu avais alors juré que non seulement tu n'avais personne, mais qu'aucune femme ne prendrait ma place car tu étais le plus heureux des hommes et que tu n'allais pas gâcher huit ans comme ça : un tel bonheur ne se lâche pas, ce sont tes mots, tu t'en souviens ? Moi je m'en souviens, et je crois que c'est ce qui me gêne le plus dans cette histoire, parce que je me demande qui tu es au fond, je sais que tu n'es pas mauvais, mais manier avec autant de dextérité le mensonge me laisse perplexe et, non, cela ne passe pas, je n'y arrive pas, car je me souviens de ton regard ce soir-là, tu semblais en colère que je puisse douter de toi, je me souviens aussi que nous avions fait l'amour d'une façon différente, plus intense, comme si quelque chose à la fois se déchirait et se reconstituait, c'était la fin et le début, le passé et le présent, et j'ai alors pensé que nous avions franchi un cap et que huit nouvelles années s'ouvraient à nous ; je me trompais. »

Adrian garda le silence ; me laissant parler, il me laissait partir ou m'y forçait.

III

Le docteur Krantz portait la même tenue que lors de notre premier rendez-vous, chemise, pantalon, sandales, seules les couleurs différaient. C'était son uniforme et aussi, je le pensais, une façon de renvoyer l'image la plus neutre possible au patient. Je me plaignais des effets du Zoloft, craignant de ne pouvoir me contrôler dans la nuit et de sauter par la fenêtre malgré moi. Je ne supportais pas ce médicament. Elle s'en étonna, m'ayant prescrit la dose la plus faible qui soit : certains organismes réagissaient moins bien que d'autres, je devais l'arrêter, le remplacer par du Seroplex, en gouttes. Je lui annonçai ma décision de ne plus être en contact avec Adrian. Je ne brisais pas encore le triangle, échouant à me sevrer du blog de l'Autre, mais je fermais une première porte du labyrinthe infernal dans lequel je me trouvais.

Le docteur Krantz m'expliqua qu'en dépit du chagrin, normal, que provoque une séparation, je devais chercher en moi les raisons profondes de ma tristesse, qu'elle comparait à un cercle succédant à d'autres cercles. La souffrance se reliait toujours à une souffrance plus ancienne, la séparation la réactivant. Il me fallait remonter aux sources de l'abandon, non pour trouver un remède, en existait-il vraiment ?, mais un chemin vers la clarté. Elle était loin cette clarté, je n'y croyais plus, mais pour une fois je me disais qu'elle existait peut-être encore. Rompre avec Adrian me grandissait. Je devais faire avec moi désormais, et cela ne me dérangeait pas, même si je n'aimais pas parler de mon histoire, je trouvais cela indécent, me rangeant auprès des patients dont la parole est dite retenue, car prisonnière de la honte.

Il me revint un premier souvenir d'angoisse qui faisait écho à celles que j'éprouvais quand je voyageais à l'étranger avec Adrian, m'agrippant à son bras par peur de le perdre et par conséquent de me perdre, dans le souk de Marrakech, l'aéroport de New Delhi ou de Copenhague, parmi les foules d'Europe, d'Afrique, nous avions traversé de nombreux océans. Adrian aimait me protéger, il prenait son rôle au sérieux, le mien était de calmer ses tempêtes intérieures, liées au travail surtout, à la pression, à l'argent, au marché de l'art, élastique, injuste et souvent fou, quand moi je tremblais dans la cohue des hommes et des femmes me bousculant. Nous avions notre équilibre. L'abandon me ramenait à mes quatre ans, je le savais, l'avais toujours su, ayant du reste raconté maintes fois ce souvenir à Adrian qui ne s'en amusait pas et comprenait. C'était une angoisse de l'espace : celui que l'on a acquis, celui qui se dérobe sous vos pieds. Ma famille habitait non loin du jardin du Luxembourg pendant la première partie de mon enfance, rue Pierre-Nicole. Nous vivions avec Angèle, la *bonne* – c'était ainsi que nous la désignions, sans penser qu'elle puisse s'en offusquer : je ne l'avais compris que plus tard, quand elle s'était vengée sur moi cet après-midi-là, alors que le printemps naissant déversait dans le jardin sa sève et ses parfums de fleurs, d'herbe, de bourgeons, de terre battue par les enfants. Angèle en charge de me garder avait décidé, ce jour-là, de disparaître, de ne plus exister à mes yeux en quelque sorte, me laissant au centre du jardin – je jouais. Cela ne lui avait pris que quelques secondes puisque, de nature inquiète et manquant de confiance, je vérifiais sans cesse sa présence non loin de moi. À un moment, je ne l'avais plus vue. Je m'étais relevée tremblante, n'osant avancer. Le lieu s'était refermé sur moi comme le couvercle d'une boîte en carton. Angèle n'était plus. Angèle avait été kidnappée. Je ne m'inquiétais pas pour elle, mais pour moi, incapable de retrouver le chemin de mon foyer.

J'avais gardé longtemps cette impression de vide si grand qu'il me semblait m'effondrer sur moi-même comme si j'avais été une tour d'un château que l'on assiège, bombarde. Tout s'était séparé : la lumière du ciel, la couleur du bac à sable, des grilles, des arbres, des feuilles, des bâtiments, le Sénat, l'Orangerie, les voix des autres enfants, le clapotis du bassin à bateaux, aussi fort que le bruit des vagues en front de mer. Tout désormais avait une unique fonction : celle de me faire peur. Je me tenais dans un lieu dont les éléments désunis se dressaient contre mon petit corps incapable de combattre l'armée du champ de bataille dans lequel il se tenait. Mon supplice durait. S'enfuyant, Angèle avait emporté une part de mon être. Je n'étais plus une, mais déconstruite, éclatée. J'étais le sable, j'étais la terre, j'étais le soleil. Il n'existait pas plus grande solitude que la mienne, ni plus grand désarroi. Je me sentais menacée comme jamais je ne l'avais été. Angèle était revenue de son effacement dans un éclat de rire ; je pleurais. J'ai gardé de cette expérience le parfum âcre de la nature qui se transforme. Il est associé à ce que j'imaginais être, à tort, l'odeur de la mort. Angèle m'avait fait jurer de ne pas rapporter l'incident à ma mère sous peine de représailles, je lui avais obéi, protégeant mon bourreau à l'exemple de toutes les victimes ; j'avais mérité mon abandon.

Je ne parvenais pas à accuser Adrian d'abandon, en dépit du sentiment d'avoir été laissée de côté, remplacée. Un abandon ne se préparait pas, du moins je le croyais. Il surgissait, sans signe. Or si je devais être honnête avec moi, sincère, et je désirais l'être afin de rétablir l'équilibre perdu – en partie à cause de ma harceleuse qui postait depuis peu des photographies de Sigmund Freud, en lien évident avec ma thérapie –, je ne pouvais nier qu'Adrian avait essayé, non de me prévenir, mais d'émettre des signes sinon de lassitude du moins de léger décalage par rapport à moi. Il nous arrivait de ne plus nous entendre, au sens premier du mot, oubliant l'un et l'autre ce que nous nous étions dit au téléphone la veille au sujet d'un projet, d'un dîner, nous énervant par la suite l'un contre l'autre – « Tu ne m'écoutes plus ? Tu ne fais plus attention à moi ? Dis-le si je t'énerve » –, disputes communes à tous les couples, mais dont la fréquence avait augmenté depuis mai 2014.

Le signe le plus fort fut émis lors de nos vacances en Thaïlande, qui, je l'ignorais alors, étaient nos dernières vacances. Nous avions projeté de passer la totalité de notre séjour à Ko Samui, délaissant les îles voisines que l'on visiterait en bateau ; Adrian désirait avant tout se reposer, ce qui n'était pas dans ses habitudes, ancré à un seul point, cela le rassurait, le point de notre hôtel, redoutant de ne pas avoir accès à Internet pour son travail, préparant sa rentrée – Art Basel, Fiac, biennale de Venise –, espérant un contrat qu'il n'arrivait pas à décrocher, mais il y parviendrait, il en était certain, l'été étant propice aux choix, aux décisions de dernière minute, comme si le temps vacant offrait davantage d'opportunités que le temps ouvré ; je le croyais.

Je le retrouvai à Roissy le 3 août. Adrian avait dû rester à Zurich jusqu'au dernier moment pour sa galerie. Je le surpris de dos dans le hall des départs, au téléphone, faisant les cent pas, il semblait nerveux, je le savais tendu les jours derniers, ayant perdu une vente à laquelle il tenait ; je le regardais depuis le Relay où j'achetais nos journaux pour le voyage, il ne me voyait pas ; il me semblait contempler un étranger, je le trouvais beau, élégant, il avait retroussé les manches de sa chemise, ses avant-bras étaient dorés, musclés ; j'avais envie de lui. J'interrompis sa conversation, ma main sur son épaule, il raccrocha aussitôt, me serrant dans ses bras, gêné d'avoir été surpris, peut-être. Nous avions passé au plus vite l'enregistrement puis les formalités de sécurité, nous retrouvant tous les deux devant la baie qui séparait la salle d'embarquement de la piste de décollage ; les avions me fascinaient, j'y voyais le symbole de la liberté, du danger même, non d'avoir un accident, mais de laisser ce que l'on connaissait, qui encadrait ; partir était aussi se quitter soi-même.

Adrian, prétextant un nouvel appel, important, me pria de l'excuser, s'éloignant peu à peu pour parler à celle ou à celui qui le joignait. Il me tourna à nouveau le dos, m'empêchant ainsi de saisir l'expression de son visage. Quand il revint, je lui demandai si tout allait bien, il sourit en guise de réponse, eut l'air contrarié. Je misais sur nos vacances, elles arrivaient au bon moment, mon corps avait passé, l'ignorant, ses limites ; l'été à Paris me semblait de plus en plus difficile en raison de la chaleur, de la pollution, du travail accompli dans l'urgence, chacun se hâtant de quitter la ville. Nous avions tous besoin de paix.

Adrian demanda sans attendre à l'hôtesse qui nous plaçait dans l'avion un verre de champagne, il était stressé, avait besoin de se détendre, c'était les vacances, on avait le droit de *se lâcher*, la fête débutait ; je ne lui trouvais pas un air heureux. Notre vol fut long, entrecoupé de deux escales, l'une à Doha où nous avions erré dans le centre commercial de l'aéroport, étourdis par les lumières, l'opulence exagérée des magasins duty free et des salons privés, l'autre à Bangkok où j'avais souhaité passer une nuit à l'Oriental, mais Adrian avait préféré effectuer d'une traite notre voyage, comme pour s'en débarrasser ou arriver au plus vite à ce qu'il nommait notre point d'ancrage ; à qui s'ancrait-il alors ? Plus à moi.

Arrivés dans notre chambre, une maison au sein des arbres, il se précipita pour la prendre en photographie, intérieur, extérieur, patio, salle de bain, puis resta à l'écart dans le petit jardin privatif alors que je contemplais la vue sur le golfe, les bateaux posés comme des objets dessinés au pinceau affrontant l'horizon qui étincelait sous un soleil blanc. Je me sentais heureuse, inquiète à cause d'Adrian, mais heureuse. J'avais peur de la foule à l'étranger, du vacarme, mais jamais du silence, des étendues, de la nature, des animaux qu'elle abritait, protégeait, de sa douceur et de son ordre, tout m'y semblait à sa place, pensé, juste, cohérent, à l'inverse de ce que nous, les humains, ne cessions de déranger et de détruire.

Le décalage horaire procurait une légère ivresse que nous prolongeâmes au bord de la piscine en surplomb de la plage, commandant nos premiers verres locaux, nos drinks d'Asie comme nous les nommions. Adrian avait maigri, cela lui allait bien, je le trouvais plus fin, plus sec que les semaines passées, m'étonnant de ne pas l'avoir remarqué avant ; moi aussi, je m'éloignais. Je le regardais plonger, nager sous l'eau. J'avais toujours aimé cela chez lui, sa façon immédiate de s'approprier un lieu comme s'il le connaissait déjà, en devenant le maître et moi l'hôte dont il prenait soin, habituellement. Nous étions alors à égalité, une seule géographie, un seul lieu nous réunissant, sachant combien la distance entre deux êtres pouvait, en cas de faille, être délicate sinon périlleuse. Notre histoire était étrange, mais elle tenait, le fil en était fragile, l'équilibre menacé désormais, cependant je l'ignorais ou je refusais de l'accepter, ce qui revenait au même, ayant une fâcheuse tendance à préférer ne pas voir, croyant ainsi tromper l'ennemi, plutôt que de percer à jour ce qui se cache dans l'ombre – Adrian ayant plus d'ombres que je ne voulais l'admettre.

En remontant à la chambre, je fis couler un bain dans la pierre creusée à cet effet, il faisait chaud et humide, mais je refusais d'actionner l'air conditionné, j'adorais ce climat, la sensation qu'il me procurait, comme si j'étais emmaillotée dans du coton. Adrian se tenait à nouveau dans le jardin, il téléphonait, des affaires en cours, je ne l'attendais plus. Je me sentais loin de tout, rien ne comptait, pas même, à cet instant précis, l'homme qui m'accompagnait. Je quittai le bain quand il y entra. Nous dînâmes dans la chambre, sans un mot, épuisés par notre voyage, nous embrassant souvent comme pour nous excuser de nos silences. Je jouis, dans la nuit, de fatigue, elle accélérait mon plaisir, sans me relier à Adrian, mais à quelque chose d'extérieur à nous : une liberté dont je ne mesurais pas encore les conséquences.

La vérité prenait son temps, ne se révélant que par bribes tout au long de notre séjour ; Adrian était moins disponible pour moi, connecté à son ordinateur dès le petit déjeuner que je commençais seule au restaurant de l'hôtel, admirant à l'abri les violents orages de la mousson qui balayaient les palmes et la mer comme si le ciel répondait à ma colère, la végétation qui semblait pousser au fur et à mesure que l'eau la noyait. Je descendais à la plage l'averse finie, pour y lire et nager. Je passais des vacances solitaires, même quand Adrian me portait dans ses bras jusqu'à l'océan, nous y propulsant comme deux masses coulant vers le fond sombre et brouillé par les pluies d'été. Je lui remarquais des habitudes différentes. Il préférait désormais les alcools forts au vin ou à la bière, commandant des Gin tonic, des Margarita, parce que c'était bon et sucré, que ça montait plus vite à la tête, ajoutant que je n'étais pas *fun*, mais rabat-joie, que je ne savais pas prendre du bon temps, profiter de la vraie vie, s'impatientant dès qu'un garçon tardait à prendre la commande. Je lui trouvais des allures d'adolescent. En effet, j'étais sérieuse, voire lugubre, hormis les moments où j'étais sans lui, traversant le parc de l'hôtel, en fusion avec ce qui m'entourait, les oiseaux et les singes, souhaitant parfois qu'il retourne à Zurich et me laisse à ma solitude.

Les jours passant nous rapprochèrent, sans que je sache pourquoi ; je chassais mes idées noires, Adrian se montrait plus doux, mais toujours à demi absent, obsédé par les photographies qu'il prenait des lieux, dans l'hôtel puis en dehors quand nous dînions près du port en centre-ville et marchions dans le flot de scooters, d'enfants, de prostituées et de marchands ambulants comme deux vieux amoureux qui ne partageaient plus tous leurs secrets.

Nous nous rendîmes un matin, alors qu'il ne pleuvait pas, en speed boat, au large de l'île de Ko Tao. La traversée était longue et agitée en raison des courants et du vent. Adrian se tenait à l'avant du bateau, filmant notre course sur les flots, je restai à l'arrière sur la banquette, fascinée par les traînées que laissaient derrière nous les moteurs ouvrant l'eau pour nous frayer un passage. Nous étions emportés par la vitesse comme je l'avais été au début de notre relation par celle de la voiture d'Adrian quand nous avions sillonné la Suisse romande jusqu'à Montreux, empruntant le chemin des vignes, étroit et dangereux, dont nous suivions les courbes et les virages au plus près du ravin, ce qui donnait une valeur nouvelle à notre amour qui commençait : j'acceptais la possibilité de mourir avec lui.

Notre pilote amarra l'embarcation au creux d'une piscine naturelle, transparente, dont le fond offrait un paysage de récifs et de corail comme je n'en avais jamais vu ailleurs, les rochers semblaient vivants, les algues des fleurs, la lumière une ligne d'or vers les sables, les poissons une colonie en mouvement autour de la coque de notre bateau puis de l'échelle qui permettait d'en descendre ; tout paraissait à profusion, comme si les espèces, animales et végétales, se reproduisaient en un temps record – la vie se démultipliait. Je plongeai avec mon masque, me perdant dans un décor construit pour moi ; j'évoluais en solitaire, Adrian refusant de se baigner, il avait froid, dans ce qui me faisait penser aux images d'un kaléidoscope. Il m'aida à remonter, me sécha, je tremblais. Je demandai que l'on nous conduise à la grotte aux requins que j'avais repérée plus tôt sur la carte marine, fascinée par ce que l'on présentait comme un dangereux prédateur, en raison de son mystère plus que de ses attaques, certes de moins en moins rares, mais qui restaient limitées au vu du nombre grandissant de touristes et baigneurs inconscients. Je craignais davantage la violence des hommes. Adrian désirait pour sa part rentrer à l'hôtel, ne pouvant relever ses mails depuis le bateau qui redémarrait. Je ne l'écoutai pas.

Le pilote me conseilla de prendre mes palmes à cause du courant, nous étions au large, dans une eau soudain grise et agitée. Je refusai, ainsi que le gilet de sauvetage qu'il me tendait ; j'étais une nageuse émérite, plus à l'aise en mer que sur terre. Adrian semblait en colère contre moi, non parce que je faisais preuve d'imprudence, mais parce que je retardais notre retour à l'hôtel. Le pilote plongeant avant moi me pressait, je devais le rejoindre sans tarder, un requin tournait non loin. Je nageais sans mesurer la force des vagues, crawlant vers celui qui me faisait signe à quelques mètres et peinant à le rattraper. Je regrettais mes palmes. Le vent redoublait. Je n'arrivais plus à suivre, manquant d'énergie. Je m'en voulais d'être si fière – avais-je voulu épater Adrian pour le ramener à moi ? Quand je décidai de regagner le bateau, il dériva : une immense angoisse m'envahit. J'appelai sans être entendue. Adrian agitait sa main, comprenait-il que j'étais en danger ? Je ne sentais ni mes jambes ni mes cuisses, le pilote, lui, poursuivait sa course vers le requin, m'ayant semblait-il oubliée. Je tentais de rentrer à la seule force de mes bras, pensant que j'allais mourir en Thaïlande comme l'amant d'un ami de jeunesse qui m'avait raconté qu'un nuage rouge s'était formé dans le ciel de Ko Samui alors que son amour s'éteignait dans ses bras d'une crise cardiaque. Avançant, j'entendis Adrian hurler : « Tu as besoin d'aide ? » J'étais incapable de lui répondre, centrée sur les quelques mètres qu'il me restait à parcourir, distance symbolique égale à celle qui depuis peu nous séparait. Arrivant enfin au bateau, je fis comme si de rien n'était, j'avais honte – « Tu es vraiment bizarre toi parfois », affirma Adrian avec raison. Tandis que nous retournions vers l'hôtel, je regardais les îles s'éloigner. J'avais en tête cette phrase que je notai plus tard sur une page de mon agenda : elles s'éloignent comme notre amour, mon amour, s'éloigne de nous. Adrian, à sa manière, m'avait prévenue.

Je sentais un vide depuis que je n'appelais plus Adrian. Il respectait ma décision, n'envoyait aucun message. Je regrettais parfois, pensant lui avoir facilité la tâche. J'avais cédé ma place sans trop me battre. L'Autre gagnait. Il me manquait le soir, surtout. Je comblais mon ennui de lui en me connectant sur le blog. Elle avait posté coup sur coup, au cas où je n'aurais pas encore compris, trois photographies d'un concert de Fauve qui avait eu lieu à Genève. Je croyais reconnaître la montre d'Adrian au poignet d'un homme dont on ne distinguait pas le visage.

Ce vide m'empêchait encore de dormir, de dîner, non de travailler, je trouvais, à double titre, ma respiration dans mon métier, la voix se révélant entre deux souffles retenus. Je savais toujours la vieillir, la rendre brillante, la rajeunir, usant du micro qui la modulait et répondant au désir de celui ou celle qui me dirigeait comme si elle avait été un muscle aisé à contracter ou à détendre. Ma tristesse ne s'y entendait pas. Je parvenais à l'isoler entre les prises.

Je faisais des recherches sur le docteur Krantz, désirant savoir si elle était mariée ou non – elle ne portait pas d'alliance –, connaître son âge, cinquante-deux ans, sa formation, en province, trouvant un ouvrage à son nom sur l'addiction sexuelle. Elle possédait un profil Facebook privé, sans photographie ni couverture. Depuis l'Autre, je traquais quiconque m'approchait. Je ne faisais confiance à personne, peinant à livrer lors de ma thérapie ce qui me semblait le plus précieux de mon être. Je tenais un carnet de comptes (si le passé est une somme), me reliant, sur les conseils de celle que j'appelais *ma* psychiatre, à *mon histoire de l'abandon* dont je parcourais les grandes lignes pour le revivre ou y puiser les reponses à ma déroute amoureuse.

Je trouvais, m'y concentrant – je ne nourrissais aucune nostalgie à l'égard de mon passé lointain –, deux souvenirs supplémentaires me renvoyant à l'angoisse que j'avais ressentie en perdant Adrian. Le premier s'inscrivait un jour d'été, alors que nous étions partis en voiture en direction de Nice pour la seconde moitié des grandes vacances, nous partageant une fois arrivés entre notre appartement situé près du port dans la résidence Le Neptune et la propriété de ma grand-tante à Saint-Jean-Cap-Ferrat où j'avais appris à nager, exécutant mes premières brasses à l'endroit de Passable, petite plage que j'affectionnais pour sa taille, son absence de galets, l'enclave qu'elle formait entre la baie et, plus loin, la frontière italienne qui me faisait rêver la nuit lorsque j'entendais depuis ma chambre les sirènes des cargos en partance ; je comparais la Méditerranée à une rampe de lancement pour qui voulait vivre de grandes aventures, me promettant de la traverser un jour pour atteindre les côtes de l'Afrique, continent du mystère absolu.

Nous étions arrêtés à une station-service, mon père faisait le plein, j'étais près de lui, adorant l'odeur de l'essence et du caoutchouc chaud, raisons pour lesquelles je passerais dès la majorité mon permis de conduire en accéléré sur un circuit en dehors de Paris prévu à cet effet. Ma mère faisait quelques courses, eau, biscuits, à l'intérieur de la station. Quand mon père m'avait quittée pour payer j'étais restée hors de la voiture sans m'en éloigner, j'en avais fait la promesse, ayant trop chaud pour m'y enfermer. Le temps m'avait semblé long alors, tandis que je regardais le défilé des vacanciers éreintés par leur voyage, étirant leur corps comme s'ils avaient accompli une épreuve d'endurance. Mes parents tardant à revenir, je cherchais de quoi m'occuper, marchant à mon tour pour me dégourdir les jambes sans voir qu'un dalmatien se dirigeait à vive allure vers moi : il m'avait choisie. J'étais tombée à la renverse, le chien couché de tout son poids sur mon ventre, léchant mon visage et l'ensemble de ma peau, me goûtant avant, j'en étais sûre, de me dévorer. Plus je me débattais, plus je sentais sa force, ses griffes. Appelant au secours, mon père m'avait dégagée de cet étau, chassant le chien qui « ne voulait que jouer », assurait son maître.

À la peur s'était ajouté un sentiment d'impuissance que j'avais retrouvé par la suite à chaque fois que l'on m'imposait une situation qui me déplaisait, une autorité à laquelle je refusais de me soumettre, une séparation que je n'avais pas décidée. J'avais gardé de cet événement une colère que je considérais être le premier marqueur d'une violence enfouie en moi et que je redoutais chez les autres ; violence qui avait été réactivée quelques années plus tard à l'école primaire, lorsque je fus battue par quatre garçons qui m'attendaient cachés dans notre classe, ignorant les raisons de leurs coups de pieds acharnés à mon encontre. Dans les deux cas, je faisais ce constat : je n'avais éprouvé aucune peur les jours suivants, mais une colère doublée de honte – le statut de proie égalant celui de faible.

Le docteur Krantz me demanda si j'avais eu un rapport sexuel avec un autre homme depuis Adrian. Je m'étonnai de sa question, y répondis sèchement, « Bien sûr que non », vexée qu'elle me considère comme une femme facile ; j'étais en séduction. Elle me demanda ensuite si j'arrivais à me donner du plaisir seule, il était important de recouvrir Adrian, qu'il ne soit pas le dernier témoin de ma peau, car d'une certaine façon je le portais encore en moi et, pour m'en défaire, il me fallait expérimenter un autre corps, ou m'y substituer, bien se connaître concourait à ma reconstruction ; d'ailleurs, me connaissais-je ? – Oui, assez pour savoir qu'à chaque fois que j'avais commencé à me caresser depuis la séparation, je m'étais interrompue avant la fin, saisie par les larmes.

J'avais rencontré Adrian à Paris lors d'un dîner à la fin du mois d'août 2006. J'avais l'impression de le connaître déjà, comme si je possédais une prescience de lui, non qu'il soit prévisible, il ne l'était pas, mais nous avions, dès nos premiers échanges, acquis une familiarité, une confiance qui allait se poursuivre une semaine durant avant que nous nous revoyions, au travers de SMS dont je qualifiais l'ensemble de *pornographie romantique*, tant ils étaient saturés de désir, mais aussi de promesses, de nous retrouver au plus tôt car l'on se manquait sans même avoir rien commencé, de vivre une histoire déjà écrite, évidente. Nous étions fous et la folie nous allait bien. Je n'éprouvais aucune honte à lui écrire combien et comment j'avais envie de lui, soumise ou non, dominatrice ou non, je n'avais aucun tabou, aucune méfiance le et me concernant, ce qui n'était pas courant chez moi, je connaissais mes défauts, mes empressements irraisonnés, mes déceptions qui me plongeaient parfois dans une grande tristesse, tant je détestais me tromper ou manquer d'instinct.

Je ne craignais pas qu'il montre mes messages et, même s'il les avait montrés, j'éprouvais un bonheur fier de l'avoir rencontré, qu'il m'ait choisie, de pouvoir lui écrire tout ce qui me passait par la tête, depuis mon lit, dans les nuits chaudes d'un été qui semblait s'ouvrir.

Adrian était rentré à Zurich, il reviendrait bientôt me voir à Paris. La semaine qui suivit notre rencontre fut irréelle, il me semblait marcher dans les rues à son côté, sous son regard, je me sentais occupée par lui, le sentais en moi, sur moi, sous le grain de ma peau, sa main dans la mienne, à ma taille, capturant ma nuque. Je vérifiais à chaque instant mon téléphone, lui répondant dans la seconde où il m'écrivait, je ne jouais pas, ne le faisais pas attendre, je n'avais aucune stratégie, il était à moi, j'étais à lui, sans nous l'avouer nous savions que c'était fait, gagné.

J'aimais l'imaginer dans sa ville, chez lui, il m'envoyait par mail des photographies de son appartement, de sa galerie, du ciel un matin d'orage, du lac qu'il voyait depuis sa terrasse, des montagnes comme des murs qui nous séparaient, puis de son torse et de son ventre alors que je m'abstenais de lui envoyer une image de mes seins qu'il me demandait, unique refus dans notre correspondance sans limite ; je m'endormais quelques heures au petit matin après avoir fait l'amour à distance, chose qui ne m'était jamais arrivée et à laquelle je ne croyais pas quand mes amis l'évoquaient.

Je ne connaissais pas Zurich, sinon par un roman qui m'avait marquée, *Mars* de Fritz Zorn. Je devais venir avant que l'été ne s'achève vraiment, le lac était somptueux, tantôt lisse, tantôt marbré, la lumière si spéciale, un enduit, la forêt encore dense, pleine, riche de fleurs et de sève ; il y tenait, j'acceptai, réservant un billet pour le quinzième jour de septembre.

Je n'avais pas peur de me tromper, je savais. Adrian ne m'était pas étranger. Je retrouvais en lui une part de moi, peut-être la plus obscure, mais aussi la plus attachante : nous n'avions jamais vraiment aimé.

Une semaine après notre rencontre, je lui donnai rendez-vous au Lutetia, mon fief avant sa fermeture pour rénovation (je déteste l'idée que l'on abatte à présent mes souvenirs-vestiges). Il était arrivé en avance, installé dans la partie la plus large du bar, je le regardais depuis le couloir vitré que j'avais emprunté pour le surprendre. Il portait, malgré la chaleur, un pull en V à même la peau dont il avait relevé les manches. J'avais alors pensé que les épaules étaient la partie du corps que je préférais chez les hommes, pour leur force comme pour leur beauté, mais aussi parce que s'y révélait à mon sens la vérité d'un être, l'expression *se tenir droit* voulant tout dire.

Je portais une robe dos nu, j'étais encore bronzée. J'avais passé mes vacances à la campagne, préférant louer une maison avec une piscine plutôt que de me rendre au bord de la mer ; le flux des vacanciers, que je comparais à une transhumance, se déplaçait de la plage au centre de la station balnéaire, suivant un unique mouvement, d'invasion puis de repli, qui se répétait et cela jusqu'à la fin de leur séjour : il me déprimait, je n'y trouvais plus de plaisir, mais un inconfort et un malaise, consciente de faire partie du lot anonyme, périssable.

Avant même d'avoir rencontré Adrian, je qualifiais mon été de *saison patiente*, marchant sur les sentiers qui longeaient les champs de lavande et de blé, me réfugiant aux heures les plus brûlantes à l'ombre des figuiers, lisant les livres que je n'avais pas eu le temps de lire à Paris, m'y enfermant aussi, absorbée par des fictions qui finissaient par rejoindre ma réalité, faisant de moi une héroïne silencieuse et ordonnée : je suivais mon rituel – bain, promenade, lecture, sieste puis dîner parmi mes hôtes qui changeaient suivant les jours ; on passait me voir comme on passe rendre visite à un ermite que seuls le vin et les éclats de rires faisaient sortir de sa retraite – semi-retraite, puisque j'avais l'intuition que quelque chose se préparait, conduisant plus vite que d'habitude sur l'autoroute quand je rentrai.

Au Lutetia, Adrian me voyant me diriger vers lui se leva pour m'embrasser comme si nous étions un vrai couple – nous l'étions, ayant brûlé les étapes ; une semaine nous avait suffi pour comprendre qu'il serait impossible de nous extraire l'un de l'autre, pris dans une fusion magique, surnaturelle, qui à la fois m'excitait et m'effrayait, puisque la façon dont on rencontrait l'autre, ici explosive et inattendue, pouvait annoncer celle dont on se quitterait.

Nos gestes succédant à nos mots scellaient ce que nous avions envisagé : s'étreindre, se toucher, se sentir. Il me semblait naturel qu'il pose sa main sur ma cuisse, qu'il serre mes poignets, que je lui rende ses baisers lents, passionnés, ne me souciant ni des clients ni du personnel de l'hôtel qui nous regardaient gênés par ce qui devait paraître indécent vu de l'extérieur ; nous ne savions pas nous tenir.

Quand Adrian, qui au début était resté face à moi sur un fauteuil pour me regarder, me rejoignit sur la banquette où j'étais assise, je retrouvai sans la regretter, car j'en connaissais ses dépressions aussi intenses que ses montées, ma pleine jeunesse, celle qui n'a qu'à se baisser pour ramasser l'or et s'en recouvrir, celle à qui nul ne résiste, celle défiant l'avenir qui n'est jamais une menace, mais une éventualité.

Je me sentais en vie, possédée par un bonheur qui n'était pas fabriqué, mais que nous avions inventé. Nous incarnions notre fantasme, il se réalisait, je n'étais pas déçue, à l'inverse je m'étonnais de notre facilité à réinvestir ce que nous avions imaginé, pour une fois le réel dépassait la romance, l'été étant la saison des pièges, je n'avais peur ni de l'automne ni de l'hiver, nos semaines, nos mois, nos années n'étaient pas comptés. Avec lui, par nous, je savais le temps sans barrage, hormis un événement dont nous ne serions pas responsables, je me sentais en sécurité, au cœur d'un bonheur équivalent à la félicité, je n'étais pas simplement amoureuse, tout l'amour du monde s'invitait à notre table, me rassurant sur les doutes que j'aurais pu avoir, je ne les avais pas encore, mais je savais ma capacité à détruire ce qui me rendait heureuse, me sentant coupable par nature et non par choix, comme qui a conscience de sa chance.

Nous étions collés l'un à l'autre, seuls nos vêtements nous séparaient, nos sourires auraient pu contenir aussi des larmes tant nous étions émus, neufs et sans passé, rien ne nous rattachant à nos histoires précédentes, il n'y avait aucune comparaison possible, elles s'annulaient. J'amorçais une nouvelle existence, repentie de mes erreurs et des blessures que j'avais pu recevoir et causer, nous étions innocents, ni homme ni femme : nous étions tous les hommes et toutes les femmes.

Je ne lui en voulus pas d'avoir réservé une chambre sans me prévenir – il s'était absenté un instant, avait osé, me surprenait. Je le suivis sans résistance, m'étonnant non de lui, mais de moi, ce n'était pas dans mes habitudes, je les délaissais, soudain convertie par ce qui advenait, moi qui jadis prenais les devants, décidant pour les autres, ne lâchant jamais le contrôle, attitude et addiction qui m'épuisaient. J'acceptais ma frivolité qui n'en était pas une, chacun de mes actes revêtait une importance inouïe, extraordinaire, et m'emportait vers ce que j'avais toujours fui, l'inconnu m'effrayant.

Il restait une dernière chambre au dernier étage, ce qui nous ravissait, nous étions au sommet, gouvernant la rue à défaut de gouverner notre désir de braise, fouillant nos peaux dans l'ascenseur pour y trouver une réponse à ce qui échappait, mais que nous acceptions vu le plaisir donné, reçu.

Je gardai mes yeux fermés, croyant m'évanouir quand Adrian retira ma robe, caressa mon dos, mes reins, mes fesses. Je m'allongeai sur le lit, Adrian torse nu se pencha sur mon corps, mouilla mes seins avec sa langue, y dessinant des petits cercles de plus en plus rapides qui les faisaient durcir. Je sentis la boucle de sa ceinture effleurer le haut de mon sexe, cela m'excitait, j'agrippai ses hanches pour le sentir davantage et, pourquoi pas, me blesser avec le métal, la douleur, légère, étant parfois source de jouissance, me cambrant alors pour que mon ventre épouse le sien. Adrian retira le reste de ses vêtements, sa montre, je me souviendrai longtemps du *clic* de son bracelet quand il l'ouvrit, donnant le signal du départ ; j'étais à lui. Je posai mes mains sur ses épaules, les bras tendus, empêchant sa progression, puis lâchai ma prise quand il écarta plus encore qu'elles ne l'étaient mes jambes, mes cuisses, pour me pénétrer par à-coups réguliers, chacun pouvant faire exploser mon désir ; je me retenais.

Le Seroplex, malgré la dose infime que je prenais – une seule goutte par jour –, agissait comme un capteur d'émotions, me calmant quand je paniquais à l'idée de ne plus jamais revoir Adrian de ma vie. Je considérais les choses non sans détachement : j'étais toujours impliquée, mais en retrait, assistant au spectacle de l'Autre dont je découvrais enfin le blog avec moins d'effroi, y voyant un manque de maturité et une obsession à mon égard, ce qui était bon signe – je devais manquer à Adrian. Ainsi j'acceptai, puisqu'il le fallait, telle était ma pitance, sa longue série : crucifix ensanglantés, corbeaux au combat, tête de mort, loup éventré, ring de boxe puis femmes toujours nues, enroulées dans un film plastique, le corps criblé d'aiguilles ou sanglé de lanières, toutes portant la mention XENA, le surnom que m'avait un jour donné Adrian, en référence à la guerrière, lorsque j'avais accepté de me faire tatouer, non ses initiales, comme il me l'avait demandé, mais un petit carré, comme une fenêtre, sur mon aine droite. Je n'avais pas souffert malgré la finesse de la peau à cet endroit-là, prouvant à Adrian mon courage à défaut de ma dévotion.

Quelques jours plus tard, j'essayai à nouveau de me donner du plaisir, non par obligation, mais par envie, n'arrivant pas à dormir, comme à l'accoutumée. Je m'arrêtai sitôt que j'allais atteindre la jouissance – je ne pleurais plus, prise d'un violent vertige, d'un grand désordre interne ; cela m'inquiéta. Je restai sur le ventre quinze minutes, tremblante, désemparée, n'osant appeler quelqu'un, les raisons de mon mal n'étant pas aisées à expliquer. Seul Adrian aurait pu entendre, comprendre et me rassurer. Je refusais de lui téléphoner. Le vertige se dissipa aussi vite qu'il était apparu. Je cherchai sur Internet des cas comparables au mien, ne trouvant rien, j'y vis soit une forme de folie (sachant que non), soit un effet de mon antidépresseur : mon corps était un corps rejetant.

Quand j'en informai le docteur Krantz, lui faisant part de mon angoisse – que cela recommence et que je ne puisse jamais plus faire l'amour –, je perçus un sourire qui signifiait peut-être que je me portais mieux ; elle me rassura, désamorçant ma peur panique par un petit exposé sur le cœur, le flux, la tension, le souffle et les alliances secrètes du corps et de l'inconscient. Je l'écoutais concentrée, m'éloignant de mon souci et m'étonnant de lui faire part de ma sexualité, moi qui ne parvenais pas à lui donner ce qu'elle attendait ; elle était certaine que je cachais une honte, une culpabilité très ancienne que le départ d'Adrian me faisait revivre, que je m'en aperçoive ou non ; je m'en apercevais. Je trouvais des détours, me sachant encore trop fragile pour forcer une porte de mon passé que je tenais close depuis une vingtaine d'années et qui me semblait impossible à ouvrir, même dans l'enceinte d'un cabinet où rien ne pouvait me dévaster, puisque je me sentais veillée par le docteur Krantz, non comme une mère mais, je me l'avouais, comme une amante potentielle, hormis le contexte et mon goût avéré pour les hommes ; elle m'attirait.

Deux fantasmes de disparition me revinrent en mémoire. Le docteur Krantz m'écoutait sans me regarder, notant dans son ordinateur ce que je lui narrais ou non – de ma place, il me semblait la voir remplir des colonnes, y classait-elle mes névroses, mes progrès, le silence invisible dont j'entourais mes confidences ?

La première scène se déroulait au domaine familial de Podesta, dans le Périgord Noir où, délaissant mes cousins et mes cousines pour la compagnie de Nelly, un berger belge dont j'avais acquis l'entière affection (l'attaque du dalmatien ne m'ayant pas traumatisée davantage), j'écoulais mes journées en dehors de ce que nous nommions *le château* du fait de ses deux tours et de l'emplacement où il avait été construit, au sommet d'un vallon, en raison des invasions passées.

J'avais obtenu la permission de ma mère pour partir chaque matin avec le chien à la conquête des terres du domaine, traversant la forêt, les rivières, à l'époque nul danger ne semblait exister sinon celui d'une chute, mais j'avais promis d'être prudente ; je l'étais.

Un jour, alors que je courais dans les fougères, Nelly devant moi – je ne la tenais pas en laisse –, je trébuchai contre un amas de lianes et de branchages qui attira mon attention ; il n'était pas là par hasard, mais disposé par la main d'un homme et non par la nature, ses tempêtes et ses pluies. Je pris un bâton pour en défaire les nœuds, craignant un nid de vipères. Je découvris alors un puits profond – j'y jetai une pierre pour vérifier – que l'on avait caché, dissimulé ; une sorte de piège dans lequel il m'aurait été possible de tomber. Cette possibilité me fascinait, j'imaginais un monde parallèle et souterrain, meilleur que le mien. Je n'étais pas une enfant heureuse.

Mon second souvenir se fixait près de la plage de Port Hue à Saint-Briac ; il y avait là une crique accessible à marée basse, dont seuls les initiés connaissaient l'existence, désertée des vacanciers car l'eau y montait plus vite qu'ailleurs en raison de courants inverses dont l'énergie se décuplait en se heurtant. C'était notre endroit secret avec ma grand-mère, j'avais l'interdiction de m'y rendre seule. Un après-midi, alors qu'elle s'était assoupie, m'ordonnant de surveiller l'heure, je lui avais désobéi, espérant que l'eau nous recouvre et nous emporte, ensemble, toutes les deux. Ma grand-mère se réveilla à temps, furieuse contre moi : j'étais inconsciente, elle ne me ferait plus jamais confiance ; une sotte, une petite sotte, voilà ce que j'étais. Nous regagnâmes la maison en silence. Je n'avais pas trouvé les mots pour lui expliquer que l'amour que j'éprouvais pour elle était plus grand, plus fort que la mort.

Adrian me manquait, j'hésitais à lui écrire un message, à l'appeler, à lui envoyer une chanson de Julien Doré que j'écoutais souvent, qui me plaisait ; elle disait ce que nous vivions tous les deux chacun de notre côté, peut-être.

> « *On attendra l'hiver*
> *Pour s'écrire qu'on se manque*
> *Que c'était long hier*
> *Que c'est long de s'attendre** ».

Il me suffisait de me connecter au blog de l'Autre pour renoncer à lui donner de mes nouvelles et à prendre des siennes, il faisait office de paratonnerre, absorbant ma foudre, mes éclairs. Je craignais qu'Adrian ne m'oublie le temps passant. Les jours formaient des

---

* © Julien Doré, « On attendra l'hiver », *Løve*, Columbia, 2013.

creux entre nous ; ils étaient de plus en plus nombreux, le mois de mars s'achevant. Je perdais parfois son visage, le son de sa voix, incapable encore de regarder nos photographies, celles prises à Zermatt lors de notre dernier jour de l'an, lorsque nous nous étions promis, enlacés, la meilleure des années, car ce qui est nouveau est en principe toujours meilleur ; celles de nos huit ans que nous avions fêtés à Séville, ville qui semblait avoir été construite pour que s'y épanouisse notre amour, projetant de découvrir les villages avoisinants et de louer un jour une maison au centre de l'Andalousie.

J'allais encore parfois au Charlot, occupant ma place au bar depuis laquelle je pouvais prendre en photographie le calendrier de papier, il me fallait fixer sur ma pellicule le temps qui s'écoulait. Je me rendais compte ainsi des étapes que j'avais franchies, de celles qu'il me restait à franchir, la compagnie des hommes me semblant toujours inutile et dérisoire ; je repoussais les avances des anciennes conquêtes qui, me sachant seule, me recontactaient – nous avions l'âge des aventures d'un soir entre ex-partenaires, car c'était simple, sans complication ni promesse, nous n'étions plus ensemble, pouvions devenir *sex friends*, pratique dont je n'usais pas –, ainsi que celles d'inconnus croisés par hasard dont je gardais le numéro de téléphone, au cas où ; je n'appelais pas. Je recommençais à me nourrir, bien qu'ayant changé mon mode d'alimentation, préférant le gras au sec, les féculents aux légumes, bannissant la viande dont j'associais mon dégoût non seulement à la cause animale, mais aussi, parfois, au corps en général – objet menaçant depuis la trahison.

Je me rendais également à Bagatelle, retrouvant les paons, les allées, la grotte, les cèdres et les sapins, les pelouses sur lesquelles on avait le droit désormais de s'allonger, ce n'était pas le cas dans mon enfance, des concerts s'y préparaient ; j'effectuais un pèlerinage, ayant lu un jour qu'il est aussi souffrance de ne plus souffrir.

Je confiai au docteur Krantz mon problème avec le temps : je me contentais de quelques heures de sommeil, ayant pris le pli de peu dormir, me levant à l'aube pour accomplir ce que je n'avais pu accomplir la veille, factures, ménage, comptabilité, je débordais d'énergie, l'imputant au Seroplex et à ma vraie nature qui revenait, je ne savais pas me mettre de côté, cesser ma course. Du fait de mon travail, j'étais capable de visualiser les minutes, les secondes comme un mélomane voit les notes d'une partition qui se joue. Je ne débordais jamais de la durée impartie, j'avais un chronomètre gravé en moi, avantage pour mes séances d'enregistrement, inconvénient pour ma rupture : chaque jour passé ressemblait à un petit caillou face à l'immense montagne qu'il me fallait construire puis gravir pour me hisser vers un ciel clément.

Mon problème lié au temps serait mis à l'épreuve puisque le docteur Krantz devait subir une opération qu'elle avait déjà repoussée, mais qu'il lui était impossible de reporter davantage : elle souffrait. Je cherchais la partie défaillante de son corps sans la trouver. Souhaitait-elle me congédier ? Je n'avançais pas là où elle le désirait, mais je savais mes abîmes. Avant que l'on se quitte, elle me proposa une consultation via Skype durant sa convalescence – possibilité qu'elle réservait à certains de ses patients. Je refusai de la voir à travers un écran.

Le dimanche, je courais au parc Monceau, à l'opposé de mon domicile, espérant l'y rencontrer par hasard. Une nouvelle charge érotique – car je ressentais du désir, un désir inédit, n'ayant jamais été attirée par une femme, mais dont l'invasion n'était pas pour me déplaire, j'existais à nouveau – m'éloignait de la dernière, celle d'Adrian, répondant à la nécessité de le recouvrir.

Mon désir pour le docteur Krantz n'était pas physique, mais je ressentais une confiance amoureuse provisoire, qui me faisait regretter de ne pas avoir eu le temps de me confier davantage pour lui dire combien la perte d'Adrian me ramenait à celui que j'avais perdu à l'âge de vingt-deux ans : l'homme avant tous les hommes, celui qui m'avait appris à me tenir droite dans la vie, à aimer ceux qui méritaient mon amour, à recevoir en retour ce que l'on voulait bien me donner, cet homme fort et fragile je pense, mais j'étais trop jeune alors pour le savoir, pour le comprendre, cet homme que j'admirais, qui construisait des immeubles dans Paris, des monuments à mes yeux car sa main les avait tracés, cet homme élégant, à la voix claire, sublime, que rien ne semblait pouvoir atteindre, il me protégeait, m'apprenait les ombres et le soleil quand nous pêchions la truite dans les rivières du Morvan, à séparer les vaches avec un bâton quand elles chargeaient, la brasse et le dos crawlé, le dessin dans son agence sur de grandes feuilles qu'il déroulait à mon intention, espérant faire de moi une architecte, car c'était un métier où les femmes selon lui excellaient ; cet homme que j'attendais la nuit durant, l'imaginant sur les toits de ses chantiers : il lui suffisait de tendre les bras pour étreindre le ciel. Il chassait, quand je pensais à lui – sans cesse –, le souvenir de tous les autres. Il régnait encore en moi, mon roi, mon empereur. C'est lui que je priais pour me sauver, moi qui n'avais pu le sauver. Ma douleur était vive, ma plaie non refermée. Il me semblait l'avoir abandonné, informée trop tardivement de l'extrême gravité de sa maladie que lui-même ignorait, isolé par son frère qui le savait condamné ; je m'en voulais toujours de ne pas avoir vu, compris, d'avoir cru sans jamais douter ce que l'on me disait alors quand je m'inquiétais : mon oncle, maîtrisant le mensonge comme personne, m'avait volé les derniers jours de mon père et nos adieux. Je portais au creux de moi, depuis des années et aujourd'hui encore, l'ombre de celui que je n'avais pas pu protéger, ombre que je laissais grandir à chaque fois que je souffrais. Mes larmes provenaient aussi de cette source ; elle était intarissable.

À chaque fois que je me croyais à demi guérie d'Adrian, je vacillais en me reconnectant au blog, je n'arrivais pas à les quitter, ce que condamnait le docteur Krantz, qui se plaignait souvent d'avoir à soulager ses patients d'un nouveau mal – les réseaux sociaux. Elle manquait d'outils pour nous défendre de ce qui était, selon elle, une invention diabolique mettant à rude épreuve le principe même de liberté ; j'en subissais, telle une souris de laboratoire, l'expérience, elle s'en désolait, ne voyant, à court terme, aucune issue au trouble qui me rongeait.

L'Autre changeait de stratégie, délaissant ses images que je nommais *les images gores* pour des photographies dont le sujet, la couleur, le filtre faisaient penser aux clichés de David Hamilton : un ciel jaune pâle, des rideaux dans le vent, un tapis de feuilles d'érable, un arc-en-ciel, un nuage rose, une maison en bois, une forêt, un ponton, une barque vide, l'eau verte d'un canal fleuri. Je saisis le sens de son message quand je reconnus, adossé à une palissade, la silhouette à peine floutée d'Adrian, précédée de la légende : PERFECT LOVE.

J'avais perdu.

IV

Sacha a quinze ans de moins que moi et je ne suis pas attirée par sa jeunesse, je n'y vois que des désavantages ; je lui dis tout de suite que cela ne sera pas possible entre nous, il n'a rien à espérer de moi, rien, sinon une aventure, rien de sérieux, rien d'important, je ne peux pas donner grand-chose, c'est déjà un miracle, pour lui, pour moi, d'être *ensemble* si l'on peut appeler cela ainsi, je sors de l'enfer et ce n'est pas fini, vraiment pas, je me connais, je suis sans limite ; il doit le savoir, ne pas le regretter ni m'en vouloir, je ne suis pas en mesure d'être confrontée à ça, aux disputes, au chantage, je n'en ai pas la force, je n'ai plus aucune force pour rien, je suis fatiguée comme personne n'est fatigué, ça n'existe pas une fatigue pareille, ou ça ne peut pas exister, ce n'est pas possible et pourtant, oui, c'est ce que je traverse, ce que j'ai traversé surtout, il le sait, l'entend, le comprend ; mais j'aime être avec lui, sans rien promettre, être contre lui, c'est la seule chose que je veux et d'ailleurs ça m'étonne que cela arrive si vite, il me fait du bien, j'espère lui en faire, au moins un peu, je crois que oui, car il revient chez moi depuis notre rencontre, il revient car je lui demande de revenir, il ne s'impose jamais, il a cette intelligence qui m'émeut, je ne veux pas lui faire de mal, je lui en ferai, c'est inévitable, je préférerais qu'il m'en fasse, j'ai l'habitude, depuis Adrian j'ai des plis et des surplis de protection, plus rien ne peut m'atteindre, plus rien ; on parle beaucoup avec Sacha, depuis notre rencontre au Carreau du Temple en juin, je rentrais tard du travail, il dînait en terrasse, quand je l'ai entendu m'appeler dans la rue, je ne l'ai pas tout de suite reconnu, je ne l'avais pas vu depuis longtemps, un an ou deux je ne sais plus, nous avions été engagés sur le même film dont il assurait le montage, j'avais dû faire des raccords-voix, le retrouvant ainsi à plusieurs reprises, lui à la console, moi dans la cabine de speak, essayant de trouver au plus près le ton que le réalisateur avait voulu donner à son documentaire, les séances sans fin nous avaient liés, mais je refusais de le voir en dehors, après, quand il me le demandait, comprenant que je lui plaisais plus que je ne le pensais.

Il m'a tout de suite pris les mains, je me suis laissé faire, m'a emmenée à sa table pour prendre un verre, juste un, disait-il, il voulait me présenter à ses amis, il était heureux de me retrouver, se demandait depuis longtemps s'il allait me revoir un jour, je m'en étonnais, mais cela me plaisait, c'était comme un trait tiré sur mon hiver, même si on ne tire jamais de traits définitifs, on le sait, le passé est un serpent qui mord, un léger trait alors ; je l'ai suivi, me suis assise avec lui, avec eux, c'était naturel, comme de renouer avec un vieil ami, sauf que Sacha n'était pas un ami du tout, je le connaissais à peine, mais il me plaisait, je me sentais bien, il y avait une cohérence, tout était juste, lui, moi, les gens nous entourant, l'ivresse légère, les heures qui passaient, je ne regardais plus mon téléphone ni ma montre, je voulais rester le plus longtemps possible, profiter, la nuit était à moi, pour moi, je sentais le corps de Sacha tout près du mien, on était comme un couple, j'avais envie de poser ma main sur sa cuisse, de l'embrasser, s'il avait osé, lui, je me serais laissé faire, sans hésiter, sans avoir peur d'être jugée, Sacha était pour moi, il m'avait choisie et j'étais en train de le choisir.

Il faisait doux, c'était bon et léger, je ne savais plus ce qu'était la légèreté, ce qu'elle signifiait, ce qu'elle transportait, je n'ai pas eu peur de lui, pourtant il n'est pas mon genre, je l'ai dit, la jeunesse n'est pas un atout, un avantage, je connais trop la mienne et surtout je ne suis plus jeune, pas vieille non plus, mais tout change si vite, avec Sacha je prends conscience de ça, ce n'est pas agréable, lui s'en moque, pas moi, ce n'est pas pareil, quinze ans de différence on les voit, forcément, la peau, l'énergie, les envies surtout, il veut sortir tout le temps, voir du monde, parler, rencontrer de nouvelles personnes, danser, s'amuser avec moi, que l'on partage les choses, que l'on sente la vie battre en nous, s'étendre, grandir comme une plante ; je comprends, mais je n'en suis plus là, cela me fait de la peine d'ailleurs, pas pour lui, mais pour moi, j'ai abandonné, c'est idiot, je le sais, je n'y arrive plus, je m'ennuie, partout, souvent, c'est ça, j'ai un grand ennui, mais je fais des efforts, la preuve, je suis avec lui autant de fois qu'il est possible de l'être, et quand je n'en peux plus je le lui dis et il comprend, accepte, Sacha est un ange même si je ne crois pas aux anges, mais il est apparu dans ma vie ainsi, il est survenu, alors que je ne le voulais pas, que je ne m'y attendais pas, d'ailleurs c'est comme ça que ça arrive, dès l'instant où l'on ne veut plus que cela arrive, quand on a mis la clé sous la porte, que l'on part, s'efface, bye bye tout le monde, au revoir et merci, ne m'appelez pas, je ne répondrai pas, les abonnés absents ça veut dire ça ; Sacha soutient parfois qu'il est mon *infirmier*, je ne suis pas sûre d'aimer l'expression, mais je comprends, je respecte, il a besoin d'un rôle, de se sentir exister dans ce chantier, il va tout réparer, tout redresser, enfin il le croit, je le laisse, la jeunesse est pleine de bonnes intentions, moi j'ai baissé les bras, mais pas tant que cela, car il est là Sacha, avec moi, au creux de mes bras, c'est là qu'il s'endort vraiment, c'est ce qu'il dit, je le crois, il a l'air si paisible dans la nuit, et quand il se réveille, il m'embrasse, me caresse, me prend, vite, fort, puis se rendort, et se réveille, et recommence, c'est sans fin avec lui, il dit qu'il se sent complet quand il fait jouir une femme, que son plaisir passe après et qu'avec moi c'est fort, très fort, parce qu'il y a cette tristesse entre nous, ce n'est pas la sienne, mais la mienne, et qu'à force il la prend, il ne veut pas qu'elle nous sépare, il comprend, tout, mais veut aussi me guérir car les larmes sont des glaçons.

Je ne fais pas semblant, jamais, avec lui, je dis tout ce que je pense, c'est peut-être à cause de son âge, c'est un tort, la jeunesse n'est pas si libre en fin de compte, mais je ne veux pas mentir et, dès le début, je n'ai pas menti, il sait à quoi s'attendre, mais moi, le sais-je ? Je lui dis un matin « On va dans le mur, mais je ne sais pas à quelle vitesse », cela le fait rire, moi aussi, nous n'accordons d'importance à rien, c'est simple, brut, jamais brutal ; j'ai encore des vertiges parfois, il n'a pas peur, attend, poursuit, il dit que je ne suis pas libre mais que cela viendra, car tout vient, tout arrive, il suffit d'être patient, de ne pas être trop exigeant sinon les choses la sentent, cette exigence, et s'en défendent ; il dit que la vie est comme un fil que l'on déroule, et si l'on tire trop fort il se brise. Je ne le présente à personne, je n'en ai pas honte, mais il est mon secret, je nous protège, je n'ai pas confiance, en lui, en moi, en les autres, même si je sais que cela ne va pas durer, je veux que cela s'épanouisse le plus possible. Il dit qu'il n'a jamais désiré une femme comme ça, que c'est mon âge peut-être, même si je ne suis pas vieille, quarante-six, ça va encore, je ne les fais pas, et lui n'a plus vingt ans, mais il ne fait pas son âge non plus, il a encore des traces de l'enfance sur son visage, sur ses mains aussi, j'adore ses mains ; il ne cherche pas une mère, il en est certain, il en a assez d'une et ce serait malsain, il a toujours préféré les femmes un peu plus âgées, les jeunes l'indiffèrent, elles ne sont pas *terminées*, c'est son mot, et elles en attendent trop des hommes ; il aime que je m'occupe de lui, quand il vient chez moi, je cuisine à nouveau, moi qui ne cuisinais plus, prépare des smoothies, pastèque, framboises, *dragon fruit*, il aime que je le conseille, sur son travail, il se pose des questions, a envie de changer parfois, ras le bol, plein la tête, mais n'ose pas, il a un bon salaire, la télé ça paye bien, il aime que je l'enveloppe, mais ça n'arrive pas souvent, enfin, pas longtemps, nous changeons de rôle assez vite, dans la nuit surtout, c'est moi la fragile, je le sais, je me laisse faire, j'en ai besoin, et parfois je ne fais plus aucun effort, la fatigue toujours, mais je lui donne du plaisir, à chaque fois, je m'applique, non par devoir, mais parce que j'aime ça avec lui ; plus je connais Sacha, plus Adrian disparaît, ce n'est pas ce que je veux, mais ça arrive ainsi, et de temps en temps je les compare, c'est normal, je ne peux pas m'en empêcher, mais il n'y a rien à comparer, ils sont si différents, si étrangers l'un à l'autre. Sacha est fort, j'envie sa force, je me colle à lui et je lui dis « Donne-moi de ta force, juste un peu » – alors il me renverse sur le dos, m'écrase, me soulève, je suis à lui, je veux être son objet, alors que lui voudrait être le mien ; on n'a jamais ce que l'on veut.

Nous vivons, ensemble, la première quinzaine d'août dans une petite maison isolée, en Corse, à quelques kilomètres de Cargèse. Un escalier descend du jardin vers la mer, ce n'est pas une plage, mais des rochers depuis lesquels on plonge, l'eau est profonde, belle, nous sommes hors du monde, tous les deux, alors que je devrais être avec Adrian, c'est idiot de penser ainsi, ce n'est pas juste pour Sacha, mais c'est ce que je ressens parfois, on m'a retiré mon équilibre, pire, ma normalité, avant tout s'encastrait, se répondait, j'avais trouvé un système pour être heureuse, c'était ça, mon bonheur était comme de la matière, solide, je pouvais le toucher, le saisir, le réparer aussi quand il fallait le réparer, tout était limpide, clair, net, j'étais avec Adrian et c'était tout, pour nos amis, notre famille, pour lui, pour moi, je le dis souvent, mais c'est vrai, tout ça c'est arrivé comme un accident, un accident que l'on aurait peut-être pu éviter si on s'était parlé, mais Adrian avait peur de mettre des mots sur les choses, peur de les faire exister ainsi, par la parole, je comprenais, j'étais comme lui moi aussi, on esquivait sans cesse, on était doués pour ça, de vrais champions ; je ne réalise pas encore, il faut du temps, parfois je me réveille et je me dis qu'Adrian est près de moi, endormi, qu'il me suffit de tendre la main pour le sentir, qu'il va se retourner, m'embrasser, comme il le faisait avant, je me dis aussi qu'il y a un avant et un après Adrian, que les gens nous changent plus qu'on ne le croit ; j'ai changé, c'est pour cette raison que j'ai suivi Sacha le soir où l'on s'est rencontrés, que je me suis assise à sa table, que je suis restée avec lui quand ses amis sont partis, que nous avons marché, de la rue de Picardie à la Bastille, serrés, comme deux amoureux, que je suis ensuite montée dans son appartement de la rue de Charonne, sans me poser de question, que j'ai accepté qu'il m'embrasse, car il a demandé avant de le faire, c'était tendre, joli, respectueux, il avait peur surtout de *se prendre un râteau* (c'est son expression), j'ai acquis non une confiance – car je doute des gens, j'ai peur, des hommes surtout, qu'ils me fassent du mal, pas physiquement, de ça je n'ai pas peur, j'ai assez de colère en moi pour me défendre – mais une sorte de liberté, je ne veux pas m'empêcher de vivre des choses, et ce n'est pas grave si je me trompe, rien n'est grave maintenant, je prends ce qui s'offre à moi, même si je sais qu'il n'y a pas d'avenir, quelques semaines, quelques mois, c'est déjà ça, j'occupe mon temps, dans le sens où je suis vraiment à l'intérieur, comme si c'était un territoire, c'est ça, le temps est devenu un lieu pour moi, c'est une sensation étrange, et pourtant c'est ainsi que j'envisage mon avenir : un endroit vierge que je foulerai plus tard, mais qui pour l'instant n'existe pas.

Avec Sacha, c'est ainsi que nous vivons, au jour le jour, dans cette maison simple, dont la construction n'est pas achevée, c'était ce qui me plaisait au moment de la choisir, son côté un peu rude, aucun luxe, deux chambres, avec des matelas à même le sol, un salon avec un canapé, une cuisine avec deux plaques électriques, une table, quatre chaises, Sacha s'y sent bien car il est avec moi, il dit « Du moment que tu es là, je suis bien » ; et puis il y a le chemin qui descend vers la pleine mer, c'est comme dans un rêve, ou plutôt c'est comme ça que je rêve de la mer quand j'en rêve, nous avons de la chance, nous sommes seuls, tous les deux, sur les rochers puis dans l'eau, personne ne vient, personne ne regarde, quand Sacha me prend dans ses bras, m'embrasse, me fait jouir, personne n'entend non plus, il n'y a aucune maison alentour, de la terre en friche, les falaises qui réfléchissent la lumière au loin, les fleurs, le vin, je me sens mieux, de mieux en mieux, moins fatiguée, mais je sais que je n'irai pas loin avec Sacha, c'est comme ça, la différence d'âge, son avenir, le mien, c'est triste, je sais que c'est triste, car nous avons des choses en commun, nous nous entendons bien, c'est limpide, il n'y a pas de coup fourré ou de mauvaise surprise, tout du moins c'est ce que je pense, ce que j'espère, et si Sacha venait à me trahir, je saurais lui pardonner, il n'est pas coupable lui, pas coupable ; ou alors on pourrait vivre ici, cachés, en paix, quitter Paris, ne plus revenir, cela me tente souvent, je suis arrivée au terme d'un cycle, mais Sacha commence le sien, il s'ennuierait avec moi, lui dit que non, mais moi je sais ; c'est parce que je le sais que je me protège, lui dit que rien n'est impossible, rien, il a des idées, du ressort ; je sais que je m'attache, chaque jour passant, c'est plus fort que moi, je fais attention pourtant, mais c'est plus fort que moi ; c'est à cause de sa peau, de sa beauté particulière, ses cheveux frisés, ses yeux verts, son nez cassé, ses sourcils très épais, à cause de son corps, je ne lui trouve aucune imperfection, aucun petit défaut, c'est sa jeunesse qui s'étale là devant moi, il dit me l'offrir, mais qu'un jour il voudra plus, parce qu'il est amoureux, que je l'apaise, même s'il sait que je ne vais pas bien, encore parfois, qu'il faut du temps pour réparer l'amour, mais qu'il est là, lui, il est là pour ça, je dois lui faire confiance, on s'entend bien, je le vois bien, je dois y mettre un peu de bonne volonté aussi ; il a des projets d'avenir, il veut les partager avec moi, parce que je suis la femme de sa vie, c'est certain, je souris, souvent, quand il dit ça, je fais des calculs, dans vingt ans j'aurai soixante-six ans, nous nous en amusons.

Sacha, c'est la vie qui revient dans la mienne ; parfois la nuit, quand je me réveille en pleurs, cela arrive encore, je déteste que cela arrive, mais je ne peux pas contrôler, je me serre contre lui et je me sens mieux, ce n'est pas la solitude mon problème, c'est de me sentir bien avec quelqu'un, je ne pensais pas que cela reviendrait, pas si vite, pas comme ça, j'ai l'impression d'être tiraillée par deux forces contraires ; avec Sacha c'est immédiat, mais je sais que ce n'est pas possible nous deux, pas possible. Pour m'endormir j'imagine ce qui se transforme à l'extérieur des murs de notre maison et, tandis que le ressac efface les pas, les châteaux et les dessins, lavant ainsi les cœurs de leurs attentes et de leurs plaies, je lui fais promettre de ne jamais craindre les sentiments, ces rivages que l'on accoste sans en mesurer le danger ni la beauté. Il promet.

Nous n'allons que très rarement à Cargèse, juste pour y faire des courses, louer un jour un zodiac pour nous rendre à Piana, nous perdant dans les calanques, mais avec Sacha je ne me sens jamais perdue, jamais ; nous n'aimons pas la compagnie des gens, nous préférons rester dans le petit jardin le soir, avec du vin, des oursins, des sardines, du pain. Quand je regarde Sacha je me dis qu'il me manque déjà, dans le sens où nous ne sommes déjà plus ensemble, du moins de mon point de vue, c'est une impression bizarre d'ailleurs, lui dit que je casse avant d'essayer, que c'est négatif, que je suis cabossée, mais qu'il va réparer, tout, me faire du bien à force de me donner du plaisir, ce plaisir inondera mon cerveau aussi, il en est certain. J'ai arrêté le Seroplex, je crois que je n'en ai plus besoin, je sais que ça existe, que je le supporte, cela me rassure, mais je ne veux pas de chimie dans mon corps, je peux faire sans maintenant, j'ai les armes, j'ai Sacha. Je crois qu'il me sauve, d'Adrian, de l'Autre, de moi.

Au moment de rentrer à Paris, Sacha me prévient qu'il va repartir, que je ne dois pas m'inquiéter, il a encore des vacances, veut en profiter, ce que je comprends, il a juste le temps de laver du linge avant de rejoindre des amis sur une île des Baléares, il promet de m'appeler tous les jours, je lui dis qu'il n'a pas à me promettre quoi que ce soit, qu'il faut qu'il soit en paix avec ça, je ne suis pas malade, tout va bien, je lui fais confiance, il doit vivre ce qu'il a à vivre, il s'énerve, n'aime pas ce discours qui sous-entend que je peux le tromper, à Paris, par ennui, la fin du mois d'août est de plomb ; il ne supporterait pas qu'un autre homme me désire, me touche, parce que je suis à lui, je dois le promettre, il doit le savoir avant de partir, c'est important, cela le rassure, je ne promets pas, je ne suis à personne, mais je ne vais pas le tromper, qu'il en soit certain, même si je ne sais pas après tout, il a raison, août à Paris est de plomb ; je sais que non, je ne suis pas ainsi, mais je veux garder pour moi cette éventualité, car Sacha m'étouffe parfois, sa force, son énergie, son désir, c'est une invasion, c'est presque trop, je me sens dévorée, happée, je suis heureuse qu'il parte, qu'il s'amuse, qu'il soit avec des gens de son âge, ça l'exaspère, mais il verra, passé la quarantaine les choses changent, on a un autre angle de vue sur l'existence, on n'est pas plus sage, on manque d'illusion, c'est ça la vraie vieillesse, ce ne sont ni la peau changée ni les rides, c'est de ne plus croire ; avec Sacha je crois un petit peu, c'est tout petit, mais ça existe depuis notre retour de Corse, c'est mieux qu'avant, je sais que ça reste impossible, mais je me sens bien dans cette histoire, car, oui, c'est une histoire Sacha et moi, que je le veuille ou non.

Au début il appelle, tous les jours, plusieurs fois par jour, je lui manque, il a envie de rentrer, pour être avec moi, et parce qu'il a envie de moi, tout le temps, il y pense, tout le temps, c'est la première fois que ça lui arrive, peut-être parce qu'il sent une limite, alors c'est un défi, il veut tout avec moi, tout, il sera patient, il sait attendre, cela ne lui fait pas peur ; il m'appelle dans la nuit, quand il a bu, je l'entends à sa voix, il m'appelle quand il se réveille, il s'inquiète pour moi, espère que ce n'est pas trop dur Paris avec cette chaleur, le travail, il me demande si je sors, oui, je sors beaucoup car il me manque, mais je ne lui dis pas qu'il me manque, juste que je sors, pour le rendre jaloux, et il est fou de jalousie, il va rentrer plus tôt, il regarde les vols, tous les jours, c'est cher ou complet, mais il va se débrouiller, puis il ne veut plus rentrer parce que c'est beau cette île quand même. Et de jour en jour, il appelle de moins en moins, quand j'essaie de le joindre il ne répond plus tout de suite, je ne sais pas s'il joue ou s'il s'est lassé. Sacha, mon Sacha, j'ai mal joué, je le sais, je vais le perdre, je n'étais pas prête pour cette relation, pas prête, j'en veux à Adrian, c'est encore de sa faute, puis je m'en veux, je suis honnête, c'est surtout de ma faute.

J'ai les clés de chez lui, il me les a données tout de suite, son appartement est en désordre, je range, repasse quelques affaires, lui achète du jus d'orange, des biscuits pour son retour, son frigidaire est vide, c'est le frigidaire d'un jeune homme. J'ai envie de fouiller, ses papiers, son agenda, mais je ne fouille pas. Je ne veux pas savoir. Je dévale les escaliers comme si je m'enfuyais, ou comme si j'avais volé quelque chose ; c'est moi que je vole toujours, c'est avec moi que je ne suis pas honnête, je ne sais pas ce que je veux, ce que je désire, ce qui me rend heureuse ou pas. Je suis rue de Charonne et le soleil dessine des bandes obliques sur l'asphalte. J'ai envie de pleurer et je ne sais pas pourquoi.

À son retour, il ne repasse pas par chez lui, il veut me voir tout de suite, il est sur la route de l'aéroport, il a besoin de me toucher, de me sentir, on doit se retrouver, parce que c'est fragile quand même entre nous, après tout ce que je lui ai dit, ça l'a fait réfléchir pendant les vacances, mais il ne peut pas se passer de moi non plus, c'est physique entre nous, je le sais, mais il le répète, je ne dois pas l'oublier, ce n'est pas du chantage, mais presque, c'est comme ça, ça nous dépasse, alors il vient, il arrive, monte les escaliers deux par deux, il est pressé, m'embrasse, me serre, me déshabille ; c'est fait. Nous sortons ensuite dîner, il me montre les photos, les films de l'île, de la maison, de ses amis, d'une fille qu'ils ont rencontrée un soir : elle vit à Paris, il la reverra. Je ne dis rien, je comprends, je n'ai rien à dire, lui ajoute qu'il n'y a rien à comprendre, que c'est juste une fille comme ça, que cela n'a rien à voir avec nous, rien, il m'aime, d'un amour qu'il ne pensait même pas pouvoir éprouver un jour, je dois le croire, je dois lui faire confiance, il veut vivre avec moi, il en est certain, il m'attendra, sait que je ne suis pas prête, ou pas encore prête, mais que ça viendra, la preuve, tout s'est bien passé dans la maison de Cargèse, on ne s'est jamais disputés, tout semblait s'aligner comme dans un croquis parfait, je dois le croire et je dois croire en nous ; je le pousse vers la fille, lui dis que c'est mieux pour lui, le même âge, les mêmes plans, pas de décalage, c'est important pour la suite, pour s'entendre, *être sur la même longueur d'ondes* est une expression qui a du sens, il va s'ennuyer avec moi, se lasser, c'est évident ; lui ne comprend pas pourquoi je fais ça, pourquoi je détruis toujours tout, il a tant à me donner et nous avons tant à partager, je ne suis pas drôle et surtout je manque de courage, parce que ce n'est pas facile l'amour, c'est vrai, mais lui est prêt à plonger, comme depuis les rochers en Corse, alors que moi je reste au bord, je ne veux plus prendre de risque, mais il n'y a pas de vie sans risque, non, pas de vie, ou alors on reste chez soi, à l'abri du danger, alors que le vrai danger est à l'intérieur de nous, c'est là que ça *craint*, sous l'oreiller, dans le sable, les yeux fermés, les mains sur les oreilles, c'est quand on ne veut plus rien savoir que la vérité dévore.

Sacha me manque de plus en plus souvent, mais je ne le lui dis pas, il vient quand il veut, quand il l'a décidé, je ne le force pas, je ne lui pose pas de questions non plus, il y a une forme de tranquillité entre nous, jamais un mot plus haut qu'un autre, c'est à la fois du respect et de la peur, on ne veut pas se dire les choses, les choses importantes qui feraient tout basculer, surtout pas, comme avec Adrian en fait – on n'apprend rien de ses erreurs, on les cumule ; je pense qu'il voit la fille des Baléares, j'en suis certaine, je lui ai rendu ses clés avant qu'il me les demande – je déteste avoir les clés d'un autre, ça m'oppresse, j'ai peur de les perdre et c'est moi que j'enferme quand je verrouille les serrures une fois la porte claquée –, mon geste l'a vexé, je le sais, il y a vu un signe ; je veux être la plus légère qui soit, mais je suis triste à nouveau, ce n'est pas la tristesse d'avec Adrian, c'est une autre tristesse, celle qui vient quand on sait que l'on va perdre quelqu'un qui compte, que l'on aime même s'il est impossible de l'aimer – ça arrive –, ou alors d'un amour différent, inhabituel, un amour assez grand pour englober d'autres personnages dans l'histoire ; c'est ce que je m'efforce d'être au début, légère, quand il rentre de chez elle et vient me voir, il a son odeur sur ses vêtements, sur sa peau, quand je le vois répondre, au restaurant, à ses SMS, quand il annule au dernier moment un rendez-vous, je lui passe tout, mais j'ai mal.

Alors je commence à développer quelques défenses, comme des anticorps, je me protège, à nouveau, je suis plus forte qu'avant, mais je dois faire attention encore, je suis moins disponible, moins libre pour lui, j'espace nos entrevues, il s'en inquiète, ne veut pas, ne peut pas, c'est plus fort que lui, je dois rester dans sa vie, comme un pilier, je suis de sa famille maintenant, on est liés, et puis il y a cette attirance entre nous, il ne sait pas comment s'en sortir, ça le dépasse, il ne veut pas me laisser à un autre, car il sait, et il a raison, que le prochain sera *le bon*, que je suis réparée, prête à m'ouvrir, à me donner, à m'offrir, lui c'est déjà passé, et d'une certaine façon je le rejette car il a une part d'Adrian en lui, une empreinte ; il l'ignore, mais je regrette de ne pas avoir su le garder, la fille prend du terrain, c'est normal, elle est intelligente, elle l'attend, mais ne l'attendra pas trop longtemps non plus ; il le sait. Il n'est pas comme moi, lui, il ne laissera pas passer sa chance, parce que c'est rare les gens qui vous aiment, rare, lui m'aimait, vraiment, en parle au passé, se reprend, il m'aime, vraiment, mais il n'est pas sûr de moi et ça c'est lourd à porter, parfois, parce que cela lui renvoie une mauvaise image de lui, comme s'il n'était pas à la hauteur ; d'ailleurs, il doit me l'avouer car cela lui fait de la peine, il se sent écrasé par Adrian, il se dit qu'il aura beau tout me promettre, ce ne sera jamais assez, qu'Adrian a tout pris, et qu'il s'en inquiète d'ailleurs, pas pour lui, mais pour moi, je dois faire attention si j'ai envie de vivre une histoire un jour, une vraie histoire, qu'Adrian ne sorte pas d'un placard comme un vieux fantôme (cela nous fait rire) ; il ne sortira pas. Il m'en veut, parce que je ne lui laisse pas le temps de devenir l'homme qu'il a envie de devenir.

Les jours d'automne nous séparent, nous continuons à nous voir mais ce n'est pas comme cet été ; je n'attends plus grand-chose, pourtant rien ne se cassera avec Sacha. Nous avons eu le temps de sceller nos destins. À chaque fois que je m'éloigne, il sait où me retrouver, à chaque fois qu'il disparaît, je sais qu'il réapparaîtra, fort dans la lumière, car Sacha est solaire, puissant, il est la vie dans ce qu'elle a de plus gaie, de plus intense aussi : il est *en vie*. Il n'y a pas de cadre pour le limiter, pas d'ombre pour l'effacer, pas de mot pour le blesser. Sacha est libre et j'ai la chance d'appartenir à sa liberté.

Le soir du 13 novembre, nous revenons l'un vers l'autre. Nous nous envoyons des SMS comme deux automates, incapables d'échanger de vive voix. Sacha me demande si je vais bien, il insiste, comme si je lui mentais. Je n'ai rien à cacher. Je suis chez moi, il ne me croit pas, je le rassure ; il craint, comme à son habitude, que je sois en danger sans qu'il puisse me protéger. Il n'est pas à Charonne, il a dîné près de son lieu de travail. Il écrit que cela l'a peut-être sauvé, que c'est idiot d'envisager les faits ainsi, la part de chance et la part de destin, il s'en veut, mais ne peut s'empêcher de le relever. Nous étions tous visés. Je devais sortir et j'y ai renoncé, au dernier moment, malgré la douceur de l'air qui rappelait celle du printemps. Il me semble, depuis chez moi, traverser une forêt dévastée. Je n'arrive pas à lier à ce qui survient les images que je fixe sur l'écran de la télévision : tout est vrai puis tout est faux quand j'imagine les scènes et que je m'y projette.

Je garde mon téléphone à proximité. Chaque SMS envoyé, chaque SMS reçu est un inventaire. Je me demande si Adrian va appeler ou écrire, mais ce n'est pas important, ou plus très important. Je l'espère, cependant je ne compte pas sur lui. Il ne doit pas savoir, pas encore. Je ne le préviendrai pas. Son pays, les montagnes, sont des remparts à franchir. Les sommets sont bleus pour toujours. Je préfère m'ancrer à l'immensité, rien d'autre n'apparaît, hormis les crêtes et les nuages qui les effleurent, le cri de l'aigle quand il a choisi et vise sa proie, la pente qui s'effondre si la neige qui la recouvre est en surplus quand le vent la rompt, ce que l'on ne peut atteindre et qui fait encore rêver ; mais je ne rêve pas. Pour la première fois, nous sommes des étrangers.

Adrian n'est pas près de moi ce soir et ne le sera plus jamais. Il est hors de mon être et je peux le regarder. La nuit et le silence ont fondu, brûlés par le bruit des sirènes et des hélicoptères. Adrian me manque comme jamais il ne m'a manqué. Ce n'est pas lui qui me manque, mais notre histoire, que je compare à quatre murs qui nous enserraient. J'espère qu'il tombe parfois, ne trouvant ni corde ni rampe pour se retenir. S'il devenait mon partenaire de vide et d'effroi, je lui tendrais la main.

Parfois je me demande si le bonheur existe, s'il existe vraiment, ou si nous en avons juste l'impression, la sensation, comme si quelque chose s'arrêtait en nous et que nous nous regardions de l'intérieur en nous disant : je suis heureux, je suis heureuse, je peux l'affirmer car je le ressens, dans mon corps, sous ma peau, ça pulse, file, c'est du flux qui se propage ; mais c'est juste un moment, un instant, un très court instant, comme si tous les sens étaient réunis, en alerte, pour éclairer ce bonheur si fragile qui n'existerait que dans son vol, quand il vient à nous, nu dans la lumière, comme une apparition avant de s'enfuir. Je ne sais pas s'il y a un don ou une science le concernant. S'il y a un penchant au bonheur, une nature, et s'il y a une impossibilité au bonheur, une contre-nature. Je ne sais pas si le bonheur est un, entier, grand, large et unique, ou s'il est constitué de fragments poétiques – l'odeur de l'herbe après la pluie, le premier jour de l'été, un champ de coquelicots, un ciel d'arrière-saison, un glacier bleu, la certitude de faire partie d'un tout qui avance d'un seul élan, aime d'un seul amour. Je ne sais pas si l'on peut mesurer, quantifier le bonheur. Si l'on peut le saisir comme un objet, le serrer contre soi, l'empêcher de tomber. Je ne sais pas s'il y a des signes ou s'il survient sans prévenir. S'il existe, je crois l'avoir souvent reconnu quand j'étais avec Adrian, il était petit, moyen, grand, il était bruyant, silencieux, il n'était pas permanent, jamais loin, non comme une ombre, mais comme un rai de soleil caché sous une pierre. Je *l'avais* comme on a la grâce ou la vertu. Je l'ai perdu, ou plutôt il s'est égaré en moi, mais il reste présent comme un éclat qui ne brille plus, pour un temps, je le sais, je suis patiente et je n'attends pas, cela reviendra un jour, une nuit, parce que c'est en vie et que ça pulse, file et se propage, en silence.

J'ai souvent pensé que ma capacité à souffrir était égale à ma capacité à aimer. Que chacune de mes larmes répondait à chacun de mes rires. Que chacun de mes tourments répondait à chacune de mes convictions. Que chacune de mes craintes répondait à chacune de mes certitudes. Que ma peine glorifiait ma joie. Que ma défaite honorait ma victoire passée. Tout est lié et se fait écho comme la voix qui se démultiplie dans la montagne. Cet amour-là, qui est fait d'Adrian et moi, et non d'Adrian seul, et non de moi seule, cet amour-là n'a pas disparu. Il ne se transforme pas, il est. En aimant, j'ai appris à aimer. En perdant, j'ai appris à reconquérir, non l'autre, un autre, mais toutes les parts de mon cœur pulvérisé. Je peux regarder Adrian, je peux entendre Adrian, je pourrais consoler Adrian s'il avait un jour besoin d'être consolé. Je peux toucher Adrian, je peux embrasser Adrian, alors qu'il ne se tient pas près de moi : il me suffit de poser mes mains sur mes tempes pour sentir battre ses tempes. Il me suffit d'appuyer sur mon ventre pour sentir la force de son ventre. Il me suffit de fermer les yeux pour danser sous ses paupières.

CET OUVRAGE A ÉTÉ COMPOSÉ PAR PCA
POUR LE COMPTE DES ÉDITIONS J.-C. LATTÈS
17, RUE JACOB, 75006 PARIS
ET ACHEVÉ D'IMPRIMER EN FRANCE
PAR CPI BUSSIÈRE
EN JUIN 2016

PAPIER À BASE DE
FIBRES CERTIFIÉES

JC Lattès s'engage pour l'environnement en réduisant l'empreinte carbone de ses livres. Celle de cet exemplaire est de :
687 g éq. CO_2
Rendez-vous sur www.jclattes-durable.fr

N° d'édition : 01 – N° d'impression : 2023869
Dépot légal : août 2016
Imprimé en France